はじめて読《よ》む 外《がい》国《こく》の物《もの》語《がたり》

3年生

監修
千葉経済大学短期大学部
こども学科教授
横山洋子

Gakken

はじめて読む 外国の物語 3年生

もくじ

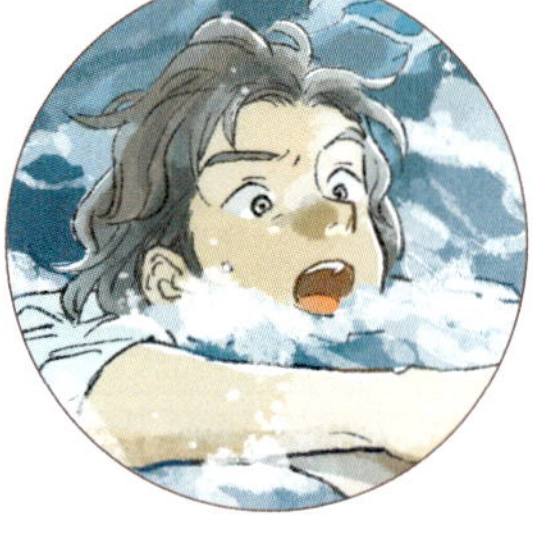

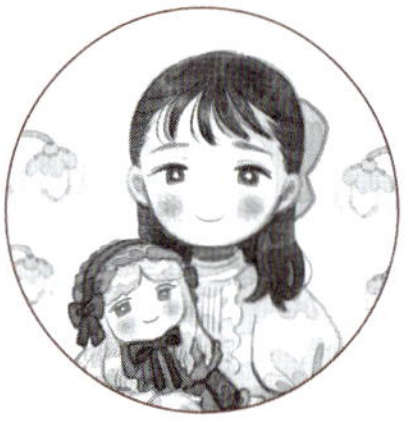

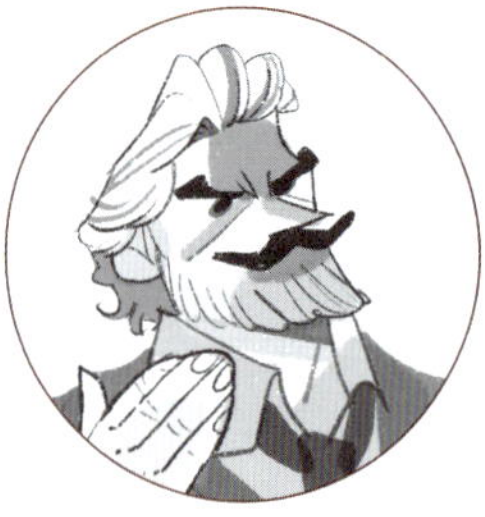

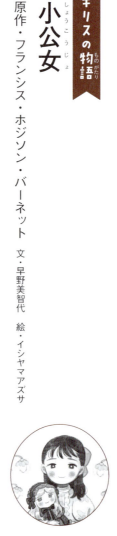

イギリスの物語《ものがたり》

無人島《むじんとう》に流《なが》れついたひとりの青年《せいねん》は、
どうやって生《い》きていくのでしょうか。

ロビンソン・クルーソー

原作・ダニエル・デフォー
文・古藤ゆず　絵・酒井 以

あらしにおそわれて

ぼくの名前《なまえ》は、ロビンソン・クルーソー。イギリスで生《う》まれて育《そだ》った。ぼくは小《ちい》さいころから、船乗《ふなの》りになって、世界中《せかいじゅう》をぼうけんしたいと思《おも》っていた。お父《とう》さんには反対《はんたい》されたが、あこがれる気持《きも》ちは大《おお》きくなるばかり。十九歳《さい》のとき、ついに家《いえ》をとびだして、船《ふね》に乗《の》りこんだ。

「やったぞ。ぼうけんの始《はじ》まりだ。」

しかし、ひどいあらしにおそわれた。強《つよ》い風《かぜ》と波《なみ》で、船《ふね》ははげしくゆれた。船長《せんちょう》のさけび声《ごえ》がした。

「船《ふね》がこわれるぞ！　早《はや》くボートに乗《の》るんだ！」

ボートに乗《の》ったとたん、大《おお》きな波《なみ》がザッバーン！
小《ちい》さなボートは、ひっくりかえり、
ぼくはとつぜん海《うみ》に投《な》げだされた。

ぼくは何度《なんど》も波《なみ》にさらわれながら、必死《ひっし》で泳《およ》いだ。もうだめかと思《おも》ったが、なんとか島《しま》にたどりつくことができた。

「ああ、助《たす》かった……。」

しかし、船《ふね》の仲間《なかま》はだれもいない。ぼくは、不安《ふあん》でいっぱいになった。

「ここは、どんな島《しま》だろう。おそろしい野生《やせい》の動物《どうぶつ》がいるかもしれない。おそわれたらどうしよう。」

夜《よる》になるとこわくてたまらず、ぼくは木《き》の上《うえ》に登《のぼ》ってねることにした。

だれもいない島《しま》

次《つぎ》の朝《あさ》、海《うみ》の向《む》こうに、こわれかけた船《ふね》を見《み》つけた。ぼくが乗《の》っていた船《ふね》が流《なが》されてきたのだ。

「そうだ、いまのうちに使《つか》えそうな物《もの》を船《ふね》から取《と》ってこよう。」

泳《およ》いで船《ふね》まで行《い》くと、船《ふね》には、ビスケットやパン、大工道具《だいくどうぐ》、鉄砲《てっぽう》、ロープ、ぬの、ハンモックなどがぬれずにのこっていた。

生《い》きていくのにひつような物《もの》ばかりだ。手《て》で持《も》って運《はこ》べないので、木切《きぎ》れとロープでいかだをつくった。

船《ふね》のたなの引《ひ》きだしを開《あ》けると、ナイフやフォーク、それに、お金《かね》がたくさん出《で》てきた。ぼくは思《おも》わずわらいだしてしまった。

「お金《かね》か！　なによりだいじだと思《おも》っていたが、ここでは使《つか》うところがない。ナイフのほうがずっと役《やく》にたつよ。」

しかし、いつか島《しま》を出《で》る日《ひ》のために、このお金《かね》も、船《ふね》から持《も》っていくことにした。

これらの物《もの》をいかだにのせ、島《しま》に運《はこ》んでいった。船《ふね》でかっていたイヌとネコ二ひきもつれていった。

そのあと、はげしい風《かぜ》がふいてきて、船《ふね》は完全《かんぜん》にこわれてしまった。

家《いえ》をつくり、食《た》べ物《もの》をさがす

このままずっと、木《き》の上《うえ》でねとまりするわけにはいかない。

ぼくは、海岸近《かいがんちか》くの岩山《いわやま》にちょうどいいほらあなを見《み》つけた。

「ここに家《いえ》をつくろう。海《うみ》が見《み》える場所《ばしょ》なら、船《ふね》が通《とお》ったとき、すぐに気《き》づけるぞ。」

岩山《いわやま》の前《まえ》に木《き》のくいでさくを作《つく》り、ぐるりとかこんでいく。木《き》のくいを一本作《ぽんつく》って地面《じめん》に打《う》ちこむのに、何日《なんにち》もかかった。

さくには入《い》り口《ぐち》を作《つく》らず、短《みじか》いはしごをかけて中《なか》に入《はい》り、中《なか》からはしごをしまうことにした。

こうすれば、動物《どうぶつ》におそわれないだろう。

岩山《いわやま》の前《まえ》の平《たい》らな地面《じめん》に、ぬのでテントをはり、ハンモックでねた。最後《さいご》に船《ふね》から取《と》ってきた荷物《にもつ》をさくの中《なか》に運《はこ》ぶと、ぼくはつかれきってしまった。
家《いえ》をひとりでつくるのは、おそろしくたいへんだ。くじけそうになったが、時間《じかん》をかけて、どうにか住《す》む所《ところ》ができあがった。
「ここはだれもいない無人島《むじんとう》のようだ。どうやって生《い》きていこうか……。」
ビスケットやパンは、すぐになくなって

しまう。島《しま》になにか食《た》べられるものはないかと、毎日鉄砲《まいにちてっぽう》を持《も》って歩《ある》きまわった。野生《やせい》のヤギを見《み》つけると、鉄砲《てっぽう》でうち、その肉《にく》を少《すこ》しずつ食《た》べた。こうして食《た》べなければ、生《い》きていけないのだ。

また、ある日《ひ》のこと、地面《じめん》から緑《みどり》の芽《め》が出《で》ていることに気《き》づいた。

「これはムギの芽《め》だ！」

前《まえ》に船《ふね》から持《も》ちだしたふくろに、*穀物《こくもつ》のもみがらが入《はい》っていた。それをすてたときに、ムギがまざっていたのだろう。地面《じめん》に落《お》ちて、雨《あめ》がふり、芽《め》が出《で》てきたのだ。

「ありがたい。うまく育《そだ》てば、いつかパンが作《つく》れるかもしれないぞ。」

ぼくは、ムギの芽《め》をだいじに育《そだ》てることにした。

＊穀物《こくもつ》…人間《にんげん》の主食《しゅしょく》になる作物《さくもつ》。

日記《にっき》をつけ、たんけんに出《で》かける

無人島《むじんとう》でくらしていると、きょうが何日《なんにち》なのか、わからなくなってしまう。島《しま》に着《つ》いて十日《か》ほどたったころ、ぼくは大《おお》きな板《いた》にナイフでしるしをつけるカレンダーを作《つく》った。一週間《しゅうかん》、一か月《げつ》ごとに大《おお》きなしるしをつけ、きょうが何日《なんにち》で何曜日《なにようび》か、わかるようにした。

船《ふね》からは、他《ほか》に、紙《かみ》、ペン、インク、本《ほん》、じしゃく、望遠鏡《ぼうえんきょう》なども運《はこ》んでいた。

ぼくは紙《かみ》とペンで、日記《にっき》をつけはじめた。いつ、なにをしたか、記録《きろく》しておきたかったのだ。

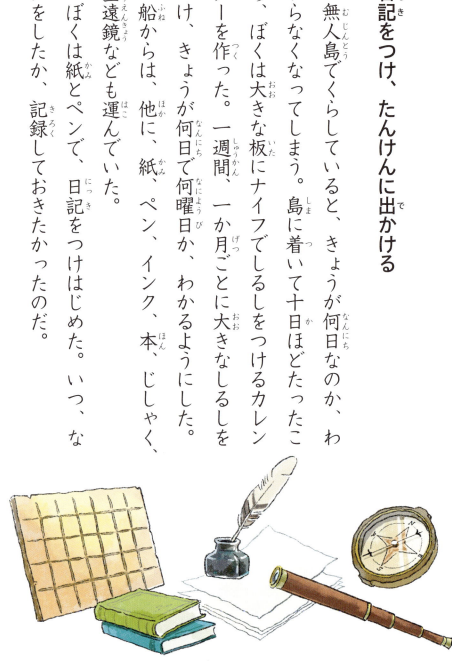

六月《がつ》十六日《にち》　海岸《かいがん》で、はじめて大《おお》きなウミガメを見《み》つけた。

六月《がつ》十七日《にち》　つかまえたウミガメを料理《りょうり》した。おまけに、体《からだ》の中《なか》にはたまごが六十こもあった。ウミガメの肉《にく》は、おどろくほどおいしかった。

六月《がつ》十八日《にち》　一日中《にちじゅう》雨《あめ》がふっていて、寒気《さむけ》がする。

六月《がつ》二十日《はつか》　頭《あたま》がいたい。熱《ねつ》もある。苦《くる》しい。

六月《がつ》二十八日《にち》　少《すこ》しよくなってきた。ヤギの肉《にく》をちょっと食《た》べた。外《そと》へ出《で》てみたが、まだふらふらした。

ぼくは病気《びょうき》にかかり、弱《よわ》ってしまった。これからはきそく正《ただ》しい生活《せいかつ》をして、体力《たいりょく》をつけることにした。

ようやく元気《げんき》になったので、島《しま》のおくへたんけんに出《で》かけた。草原《そうげん》をぬけ、谷間《たにま》に着《つ》くと、あまいかおりがしている。地面《じめん》にメロンが転《ころ》がっていた。さらに、木《き》にはブドウがたっぷり実《みの》っていた。

「メロンだ！　ブドウだ！」

新《しん》せんなくだものの、なんとおいしいこと！　ぼくはむちゅうになって食《た》べた。

しかし、食《た》べすぎておなかをこわしたらこまるので、ブドウはたくさんとって、ほしブドウにすることにした。そうすれば、いつでも食《た》べることができる。

さらに進《すす》むと、レモン、オレンジ、ライムの木《き》を見《み》つけた。すばらしい場所《ばしょ》を見《み》つけ、ぼくはたんけんに満足《まんぞく》して帰《かえ》ってきた。

「あの谷間《たにま》に住《す》みたいなあ。」

しかし、海《うみ》のそばからはなれると、船《ふね》が来《き》たときに助《たす》けをもとめられない。ぼくは考《かん》えて、谷間《たにま》に小《ちい》さな小屋《こや》をたてることにした。小屋《こや》のまわりをしっかりした二重《じゅう》のさくでかこみ、さくとさくの間《あいだ》に木《き》や草《くさ》をつめこんだので安全《あんぜん》だ。いごこちのいいもう一《ひと》つの家《いえ》ができた。

すべてを自分《じぶん》で

こうしてすごすうちに、島《しま》に流《なが》れついてから一年《ねん》がたっていた。ぼくは岩山《いわやま》のほらあなをほって、だんだん広《ひろ》げていった。あなの中《なか》にはいろいろな道具《どうぐ》をしまって、倉庫《そうこ》のようにした。木《き》でたなやテーブル、いすも作《つく》り、家《いえ》らしくなってきた。

ねん土《ど》のような土《つち》で小皿《こざら》を作《つく》り、ヤギの肉《にく》のあぶらみに糸《いと》をたらして、火《ひ》をともすランプも作《つく》った。真《ま》っ暗《くら》だった夜《よる》が少《すこ》し明《あか》るくなったのは、うれしいことだった。

ムギが育《そだ》ってきた。

「実《みの》った物《もの》を入《い》れるうつわがほしい。自分《じぶん》で作《つく》るしかないな。」

ねん土《ど》のような土《つち》をこねて形《かたち》を作《つく》る。小《ち》さな皿《さら》は日《ひ》に当《あ》てるとできるが、大《おお》きな土《ど》なべはわれてしまう。料理《りょうり》ができるような土《ど》なべを作《つく》るのは、とてもむずかしい。

こねた土《つち》を火《ひ》にかけてやくと、かたくなることがわかった。何度《なんど》もためして、ついに大《おお》きな土《ど》なべができた。その土《ど》なべに水《みず》を入《い》れてヤギの肉《にく》をにてみた。

「おお、おいしいスープだ！」

育《そだ》ったムギをかりとって、手作《てづく》りのきねとうすで、こなにした。

パンをやくためのかまども作《つく》った。たいへんな苦労《くろう》をして、はじめてパンがやけたときには、島《しま》に着《つ》いてから四年《ねん》もたっていた。何度《なんど》も作《つく》るうちに、じょうずにパンをやけるようになった。

細《ほそ》いえだでかごをあんだり、動物《どうぶつ》の毛《け》皮《がわ》で服《ふく》を作《つく》ったり。

ぼくのくらしは、すべて自分《じぶん》の手《て》で作《つく》りあげていくものだった。時間《じかん》をかけ、くふうをすれば、たいていの物《もの》は作《つく》れるのだ。

ぼくは、船《ふね》をつくって海《うみ》の向《む》こうのりくまで行《い》きたいと思《おも》った。

「よし、丸木《まるき》ぶねをつくろう。」

大《おお》きな一本《ぽん》の木《き》を切《き》りたおし、中《なか》をくりぬいてふねにするのだ。長《なが》い時間《じかん》をかけて、ぼくは丸木《まるき》ぶねをかんせいさせた。

ところが、その丸木《まるき》ぶねは重《おも》すぎた。ひとりでおして、海《うみ》まで運《はこ》ぶことができない。

「なんてこった……。」

心《こころ》のそこからがっかりした。

しかし、ぼくはあきらめず、今度《こんど》は海《うみ》の近《ちか》くで、小《ちい》さめの丸木《まるき》ぶねをつくった。島《しま》に着《つ》いて、もう六年《ねん》たっていた。

「これで島《しま》を一周《しゅう》してみよう。」

海《うみ》にこぎだしてみると、丸木《まるき》ぶねは思《おも》いもよらぬ方《ほう》へ流《なが》されていく。このままでは島《しま》にもどれなくなってしまう。島《しま》の反対側《はんたいがわ》まで流《なが》されて、なんとか島《しま》に上《あ》がることができたが、ぼくはもうへとへとだった。

仲間《なかま》ができる

無人島《むじんとう》に着《つ》いて十五年《ねん》たったある日《ひ》、海岸《かいがん》を歩《ある》いていたぼくはおどろいた。はじめて、人間《にんげん》のはだしの足《あし》あとを発見《はっけん》したのだ。

「大《おお》きな足《あし》あとだ。味方《みかた》とはかぎらないぞ。もし見《み》つかったら、おそわれるかもしれない。」

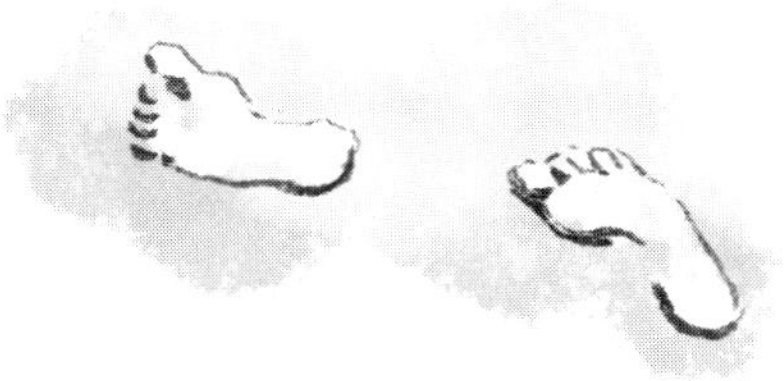

ぼくはこわくなり、用心《ようじん》してくらすようにしたが、足《あし》あとがだれのものかはわからないままだった。

足《あし》あとを見《み》つけてから十年《ねん》たったある日《ひ》、海岸《かいがん》へ小《ちい》さな船《ふね》がやってきた。かくれて見《み》ていると、下《お》りてきたのは、大《おお》ぜいの男《おとこ》たち。数人《すうにん》の若者《わかもの》をつかまえて、この島《しま》につれてきたようだ。

「あの若者《わかもの》たちは、きっとひどいことをされるにちがいない。助《たす》けてやらないと。」

すると、その中《なか》のひとりの若者《わかもの》が、走《はし》ってにげだした。すごいスピードだ。三人《にん》の男《おとこ》が追《お》いかけてきたので、ぼくは鉄砲《てっぽう》をうった。

バーン！

男《おとこ》たちが鉄砲《てっぽう》の音《おと》におどろいている間《あいだ》に、ぼくは若者《わかもの》に向《む》かっていった。

「こっちにおいで！　だいじょうぶだ。」

若者《わかもの》は、ぼくのそばに来《く》ると、何度《なんど》も頭《あたま》を地面《じめん》にこすりつけた。ことばは通《つう》じないが「ありがとう」といっていることがわかった。りっぱな体《からだ》つきで、やさしい目《め》をしている。

「きょうは金曜日《きんようび》だから、きみの名前《なまえ》はフライデーにしよう。」

フライデーは、ぼくがつくった家《いえ》を見《み》ておどろいていた。パンとほしブドウの食事《しょくじ》をあげて、ぼくの服《ふく》を着《き》せると、フライデーはぼくに感《かん》しゃしているようだった。身《み》ぶり手《て》ぶりで、ここでいっしょにくらしたいとつたえてきた。

ひとりだったぼくに、仲間《なかま》ができた。
フライデーはすなおで、よくはたらく。
パンの作《つく》り方《かた》を教《おし》えると、じょうずにやけるようになった。
フライデーのおかげで、さびしかった島《しま》のくらしが、ぐんと楽《たの》しくなった。
こんな日《ひ》びが三年《ねん》つづいた。
「いつかこの島《しま》から出《で》ていきたい。
フライデーといっしょに……。」

さようなら、無人島《むじんとう》

ある日《ひ》、島《しま》に一そうのボートがやってきた。

「なんだ、あのボートは……。あっ、海《うみ》の向《む》こうにイギリスの大《おお》きな船《ふね》がとまっている！」

ロープでしばられた三人《にん》の男《おとこ》が、船員《せんいん》たちにボートで島《しま》につれてこられたのだ。船員《せんいん》が木《こ》かげで昼《ひる》ねを始《はじ》めたので、ぼくは男《おとこ》たちにそっと近《ちか》づいて話《はな》しかけた。

「どうしましたか。」

「わあっ。」

男《おとこ》たちは、ひげだらけのぼくにおどろいていた。しかし、ぼくが

てきではないとわかると、ひとりの男《おとこ》がこういった。

「わたしはあのイギリス船《せん》の船長《せんちょう》です。悪《わる》い船員《せんいん》たちに船《ふね》を乗《の》っとられて、ここにおきざりにされそうなのです。」

「なんだって！　もし、ぼくたちがあなたを助《たす》けて船《ふね》を取《と》りもどしたら、イギリスまで乗《の》せていってくれますか。」

「もちろんです。助《たす》けてください。」

ぼくはフライデーと力《ちから》を合《あ》わせ、鉄砲《てっぽう》をうって悪《わる》い船員《せんいん》たちをおどした。船員《せんいん》たちはおどろき、あわててこうさんした。こうして、

船《ふね》を取《と》りもどすことができたのだ。

船長《せんちょう》はいった。

「この船《ふね》はあなたのものです。さあ、乗《の》ってください。」

ついに、ぼくがイギリスに帰《かえ》れる日《ひ》がきた。

フライデーもいっしょに船《ふね》に乗《の》った。島《しま》が、どんどん遠《とお》くなっていく。

「ああ、生《い》きて帰《かえ》れるなんて、ゆめのようだ。さようなら、ぼくをすくってくれた島《しま》……。」

長《なが》かった無人島《むじんとう》でのくらし。ぼくは、なんと二十八年間《ねんかん》、この島《しま》で生《い》きぬいたのだった。

イギリスの物語《ものがたり》

父《ちち》の死《し》をきっかけに、生活《せいかつ》が一変《いっぺん》したセーラ。
それでもほこりをうしなわず、けん命《めい》にくらします。

小公女《しょうこうじょ》

原作・フランシス・ホジソン・バーネット
文・早野美智代　絵・イシヤマアズサ

ロンドンの学校《がっこう》へ

カタンという音《おと》を立《た》てて、馬車《ばしゃ》がとまりました。

「さあ、ここが、これから入《はい》る学校《がっこう》だよ。」

そういいながら、お父《とう》さまが、セーラを馬車《ばしゃ》からおろしてくれました。校長《こうちょう》のミンチン先生《せんせい》が、急《いそ》いで出《で》てきます。

「まあ、かわいいおじょうさんだこと。」

ミンチン先生《せんせい》は、無理《むり》やり笑顔《えがお》をつくると、セーラをじろりとながめました。

「先生《せんせい》、むすめをおねがいします。」

お父《とう》さまの顔《かお》を見《み》ると、セーラは急《きゅう》にさみしくなりました。

「お父《とう》さまは、インドへ帰《かえ》ってしまうのね。」

これまでセーラは、お父《とう》さまの仕事《しごと》のために、インドでくらしていました。小《ちい》さいときにお母《かあ》さまをなくしたセーラは、お父《とう》さまだけが、ただひとりの家族《かぞく》です。でも七歳《さい》になったので、お父《とう》さまとわかれて、遠《とお》くはなれたロンドンの学校《がっこう》に入《はい》るのです。

「かならず、むかえにくるよ。」

「きっとよ。やくそくね。」

セーラは、なきたくなるのをがまんして、お父《とう》さまが乗《の》った馬車《ばしゃ》に、手《て》をふりました。そして、お父《とう》さまに買《か》ってもらった人形《にんぎょう》のエミリーを、ぎゅっとだきしめました。

ミンチン先生《せんせい》が、教室《きょうしつ》でセーラをしょうかいしました。

「みなさん、新《あたら》しいお友《とも》だち、セーラさんです。」

ミンチン先生《せんせい》は、お金持《かねも》ちの生徒《せいと》が入《はい》ってきたので、うれしくてたまりません。学校《がっこう》に、たくさんお金《かね》をはらってもらえるからです。

ここは、いっしょにくらしながら、勉強《べんきょう》もするという学校《がっこう》です。

セーラには、とくべつりっぱな部屋《へや》が用意《ようい》され、お父《とう》さまが買《か》ってくれたごうかなドレスや家具《かぐ》が、運《はこ》びこまれました。

セーラは明《あか》るくて、だれに対《たい》してもやさしいので、みんなからすかれました。

ある日《ひ》、この学校《がっこう》でいちばん小《ちい》さな四歳《さい》のロッティが、ないていました。

「わたし、ママがいないの。ママがほしいよう！」

セーラは、ロッティにやさしくいいました。

「わたしも、ママがいないの。でも、ママたちは天《てん》国《ごく》にいて、ときどきわたしたちに会《あ》いにきてくれていると思《おも》うの。いまもこの部屋《へや》のどこかにいるかもしれないわ。だから、さみしくないのよ。ねえ、ロッティ、わたしがあなたのママになってあげる。」

ロッティは、セーラにだきつきました。

「うれしい！　セーラ・ママね。」


セーラは、お話《はなし》をつくるのがじょうずでした。

「ねえねえ、またお話聞《はなしき》かせて。」

セーラのまわりには、友《とも》だちが集《あつ》まります。いままでクラスの人《にん》気者《きもの》だったラビニアは、それがおもしろくありません。

その日《ひ》も、セーラはお話《はなし》をしていました。海《うみ》のそこのかがやくどうくつでくらすおひめさまのお話《はなし》です。

「それから、どうなったの？」

みんな、目《め》をかがやかせて、セーラのお話《はなし》に聞《き》きいっていました。

だんろの前《まえ》で火《ひ》をくべていた使用人《しようにん》の女《おんな》の子《こ》も、じっと耳《みみ》をかたむけています。

それに気《き》がついたラビニアが、いいました。

「あんたなんか、聞《き》かなくていいの！　向《む》こうへ行《い》きなさいよ、ベッキー！」

部屋《へや》を出《で》ようとするベッキーに、セーラはいいました。

「ベッキー、いいのよ。」

「そうよ、お話《はなし》を聞《き》くくらい、いいじゃない。」

みんなもさんせいすると、ラビニアはくやしそうに、口《くち》をゆがめました。そして、ぷんとおこって、行《い》ってしまいました。

ある日《ひ》、セーラが自分《じぶん》の部屋《へや》にもどると、だんろの前《まえ》のいすで、ねむっている女《おんな》の子《こ》がいました。この前《まえ》の子《こ》、ベッキーです。

「ごめんなさい、おじょうさま！」

あわてて出《で》ていこうとするベッキーに、セーラは、やさしくいいました。

「一日中《にちじゅう》はたらいて、つかれているのね。」

セーラは、クッキーを出《だ》してあげました。

「いっしょに、お茶《ちゃ》にしましょう。これからも、仕事《しごと》が終《お》わったら、

ここにいらっしゃい。いつでもお話《はなし》をしてあげるわ。」
こうして二人《ふたり》は、大《だい》のなかよしになりました。

悲《かな》しいたん生日《じょうび》

四年《ねん》がすぎ、セーラは十一歳《さい》になりました。
セーラのたん生日《じょうび》のパーティーが、にぎやかに開《ひら》かれています。
そこへ、ミンチン先生《せんせい》が、息《いき》を切《き》らせてとびこんできました。
「セーラ、あなたのお父《とう》さまが、なくなりました。」
にぎやかだったパーティーは、しーんとしずまりかえりました。
セーラは、急《いそ》いで自分《じぶん》の部屋《へや》にかけこみ、ひとりになると、はげしくなきだしました。

「お父《とう》さまが、なくなった……。」

お父《とう》さまのやさしい顔《かお》や声《こえ》が、次《つぎ》つぎにうかんできます。

「もう、二度《にど》とお父《とう》さまには、会《あ》えないのね。」

あふれるなみだを、止《と》めることができません。セーラは、人形《にんぎょう》のエミリーをだきしめて、しばらくなきつづけました。


しばらくしてセーラは、立《た》ちあがりました。

「ないてばかりでは、いけない。しっかりしなくては。」

セーラはなみだをふいて身《み》なりを整《ととの》え、校長室《こうちょうしつ》へ行《い》きました。

すると、ミンチン先生《せんせい》はいいました。

「あなたのお父《とう》さまは、お金《かね》をまったくのこさずになくなったそうです。お金《かね》を出《だ》してくれる人《ひと》がいないのだから、あなたには、きょうからはたらいてもらいます！」

先生《せんせい》は、セーラの持《も》ち物《もの》を全部《ぜんぶ》取《と》りあげ、屋根《やね》うらの小《ち》さな部屋《へや》に追《お》いやりました。家具《かぐ》は、古《ふる》くてかたいベッドと、小《ち》さなテーブルといすがあるだけでした。

やがて、なきつかれたセーラは、かたいベッドで、ねむりにつき

ました。人形《にんぎょう》のエミリーが、そばにいます。ミンチン先生《せんせい》が取《と》りあげようとしても、エミリーだけはわたさなかったのです。

となりの部屋《へや》に住《す》むベッキーが、ようすを見《み》にきました。

「かわいそうなおじょうさま……。」

ベッキーは、なみだのあとがのこる、セーラのね顔《がお》を見《み》て、そっとつぶやきました。

新《あたら》しいくらし

セーラの、新《あたら》しいくらしが始《はじ》まりました。

朝《あさ》からねるまで、ずっとはたらきつづけです。

「まどをふいて、ゆかをきれいにはいて！」

「そうじのあとは、おつかいに行《い》くんです
よ！」

「セーラ、早《はや》くしなさい！」

次《つぎ》つぎに、仕事《しごと》をいいつけられます。

食《た》べる物《もの》も、かたくなったパンとうすいスープだけでした。

毎日《まいにち》くたくたになって、屋根《やね》うら部屋《べや》にもどってきます。それで

もセーラは、毎日《まいにち》、ひとりで勉強《べんきょう》をつづけました。

「これまで習《なら》ったことを、わすれないように、がんばるわ。」

そんなセーラを、ベッキーがいつもはげましてくれました。

ラビニアは、セーラを見《み》ると、意地悪《いじわる》ないい方《かた》をします。

「あら、なんてみっともないかっこうをしているの？　それに、どうしてわたしをじろじろ見《み》るのよ。」

するとセーラはいいました。

「意地悪《いじわる》をする人《ひと》の気持《きも》ちを、知《し》りたいからよ。」

セーラには、意地悪《いじわる》をする人《ひと》の気持《きも》ちがしんじられないのです。

これまでセーラは、どんなときも意地悪《いじわる》をしたことはありません。

まずしい生活《せいかつ》になってからも、だれにもめいわくをかけないように、一生《いっしょう》けん命《めい》はたらきました。まずしいことをばかにされても、じっとがまんしました。まわりの人《ひと》に思《おも》いやりの心《こころ》をもって、正《ただ》しいと思《おも》うことをしんじて生《い》きていくこと、それがいちばんたいせつだと思《おも》っていたからです。

「わたしは、なきごとはいわない。天国《てんごく》のお父《とう》さまが悲《かな》しむもの。」

雪《ゆき》がふる寒《さむ》い日《ひ》、おつかいに出《で》たセーラは、パン屋《や》の前《まえ》で、お金《かね》を拾《ひろ》いました。

パン屋《や》のおばさんに、お金《かね》をとどけると、おばさんは、ごほうびに、ほかほかのやきたてのパンをくれました。むねにかかえると、パンの温《あたた》かさが、セーラの心《こころ》もほっこりと温《あたた》めてくれました。

「ありがとうございます。おいしそう！」

おなかがすいていたセーラは、すぐに食《た》べようとしました。

ところが、それをじっと見《み》ている小《ちい》さな女《おんな》の子《こ》がいたのです。

こおりつくような雪《ゆき》の日《ひ》なのに、くつをはいていなくて、服《ふく》もぼろぼろです。女《おんな》の子《こ》の目《め》は、セーラの持《も》っているパンからはなれません。セーラは、女《おんな》の子《こ》にパンをさしだしました。

「あなたのほうが、わたしより、もっとおなかがすいているみたいね。さあ、どうぞ。」

セーラは、パンをその子《こ》にわたすと、急《いそ》いで帰《かえ》っていきました。

それを見《み》ていたパン屋《や》のおばさんが、つぶやきました。

「まあ、自分《じぶん》もおなかがすいてるだろうに、なんてやさしい子《こ》だろう。まるで公女《*1こうじょ》さまみたいに、りっぱな心《こころ》をもっているね。」

ゆかいなお客《きゃく》さま

セーラは、仕事《しごと》のあい間《ま》に屋根《やね》うら部屋《べや》のまどから外《そと》を見《み》るのを、楽《たの》しみにしています。きれいな夕《ゆう》やけが、セーラの心《こころ》をなぐさめてくれるからです。まどからは、となりのお屋《や》しきも見《み》えますが、そこは長《なが》い間《あいだ》、だれも住《す》んでいないようでした。

ところがきょうは、おとなりの屋根《やね》うら部屋《べや》のまどに、若者《わかもの》が見《み》えます。頭《あたま》にターバン*2をまいたインドの人《ひと》で、サルをだいていました。セーラがサルを見《み》てほほえむと、サルはキーッと鳴《な》いて、若者《わかもの》の手《て》からぬけだし、セーラの部屋《へや》にとびこんできました。若者《わかもの》は、大《おお》あわてで屋根《やね》をつたってやってきて、サルをすばやくつかまえました。

〈ごめんなさい。〉

若者《わかもの》が、インドのことばであやまると、セーラもインドのことばでこたえました。

〈つかまって、よかったわ。〉

＊1 公女《こうじょ》…身分《みぶん》の高《たか》い人《ひと》のむすめ。
＊2 ターバン…インドや中東《ちゅうとう》の国《くに》で、男《おとこ》の人《ひと》が頭《あたま》にまくぬの。

若者《わかもの》は、インドのことばを話《はな》すセーラにおどろき、ふしぎそうにながめました。みすぼらしい服《ふく》を着《き》て、そまつな部屋《へや》でくらしているようですが、その話《はな》し方《かた》やしぐさは、とても上品《じょうひん》です。

若者《わかもの》はお屋《や》しきに帰《かえ》り、主人《しゅじん》のカリスフォードさんに、この女《おんな》の子《こ》のことを話《はな》しました。すると、カリスフォードさんは、にっこりわらって、若者《わかもの》になにかをささやきました。

ある日《ひ》、セーラが部屋《へや》にもどると、おどろくようなできごとがありました。テーブルにごちそうがならび、きれいな花《はな》もそえてあります。

「ふしぎだわ。だれがくださったのかしら。」

セーラは、ベッキーをよんで、二人《ふたり》でよろこんで食《た》べました。それは、次《つぎ》の日《ひ》も、その次《つぎ》の日《ひ》もつづきました。

しばらくすると、屋根《やね》うら部屋《べや》に、またサルがやってきました。

「しかたのない、いたずらっこね。」

セーラはサルを返《かえ》しに、おとなりの家《いえ》に行《い》きました。若者《わかもの》とインドのことばで話《はな》すセーラに、主人《しゅじん》のカリスフォードさんがたずねました。

「あなたが、屋根《やね》うらの女《おんな》の子《こ》ですね。あなたは、インドにいたことがあるのですか？　そして、どうしてここにいるのですか？

あなたのお父《とう》さんの名前《なまえ》は？」

セーラがこれまでのことを話《はな》すと、カリスフォードさんは、大声《おおごえ》でさけびました。

「おお、やっと見《み》つけた！」

なんと、その人《ひと》は、お父《とう》さまの友《とも》だちだったのです。

「わたしは、ずっとあなたをさがしていたのです。」

なくなったお父《とう》さまは、セーラのためにお金《かね》をたくさんのこして、カリスフォードさんにあずけていたのでした。

セーラは、この日《ひ》から、カリスフォードさんの家《いえ》でくらすことになりました。ベッキーもいっしょです。

「ベッキー、あなたは、わたしのたいせつな友《とも》だちだもの。」

セーラもベッキーも、心《こころ》から幸《しあわ》せそうです。

このことを知《し》ると、ミンチン先《せん》生《せい》が、あわててやってきました。

「また、とくべつなお部屋《へや》を使《つか》っていいのよ。」

するとセーラは、きっぱりとことわりました。

「わたしは、二度《にど》ともどりません。」

セーラは、あのパン屋《や》のおばさんに、お礼《れい》にいきました。きれいな服《ふく》を着《き》たセーラを見《み》て、おばさんは、目《め》を見《み》はりました。

「あのとき、あんたがパンをあげた女《おんな》の子《こ》、いまでは、うちではたらいているよ。あんたのやさしい気持《きも》ちのおかげだね。

やっぱりあんたは、小《ちい》さな公女《こうじょ》さまだったね。」

パン屋《や》のおばさんは、うれしそうにわらいました。

フランスの物語《ものがたり》

世界《せかい》のあちらこちらの海《うみ》にあらわれる、なぞの生《い》き物《もの》。
その正体《しょうたい》とは……？

海底二万《かいていにまん》マイル

原作・ジュール・ベルヌ
文・古藤ゆず　絵・おかやまたかとし

なぞの生《い》き物《もの》

みなさんは、海《うみ》のそこにもぐってみたいと思《おも》いますか？　わたしはフランス人《じん》で、海《うみ》の研究《けんきゅう》をしている学者《がくしゃ》、アロナクスといいます。わたしが思《おも》いがけず世界中《せかいじゅう》の海底《かいてい》をぼうけんした話《はなし》を、みなさんにつたえましょう。

一八六七年《ねん》、わたしはアメリカのリンカーン号《ごう》という船《ふね》に乗《の》っていました。わたしの仕事《しごと》を手《て》つだう、コンセイユという青年《せいねん》もいっしょです。

世界《せかい》のあちらこちらの海《うみ》にあらわれる、なぞの生《い》き物《もの》の正体《しょうたい》を調《しら》べるためです。

その生《い》き物《もの》は黒《くろ》くて、長《なが》さは百メートル近《ちか》くあり、すごい速《はや》さで泳《およ》ぎます。ときどき光《ひか》ったり、プシューッと水《みず》をふきあげたりするのです。しかも、船《ふね》にぶつかってくる事故《じこ》がつづきました。

「クジラにしては大《おお》きすぎる。いったいなんだろう……。」

リンカーン号《ごう》には、大砲《たいほう》や鉄砲《てっぽう》がつまれていました。なぞの生《い》き物《もの》をやっつけようとする人《ひと》たちも乗《の》っています。

なかでも、ネッド・ランドというカナダ人《じん》は、*もりでクジラをしとめる名人《めいじん》でした。あごひげを生《は》やし、がっしりした大《おお》きな体《からだ》です。

*もり…投《な》げて魚《さかな》などをとる道具《どうぐ》。

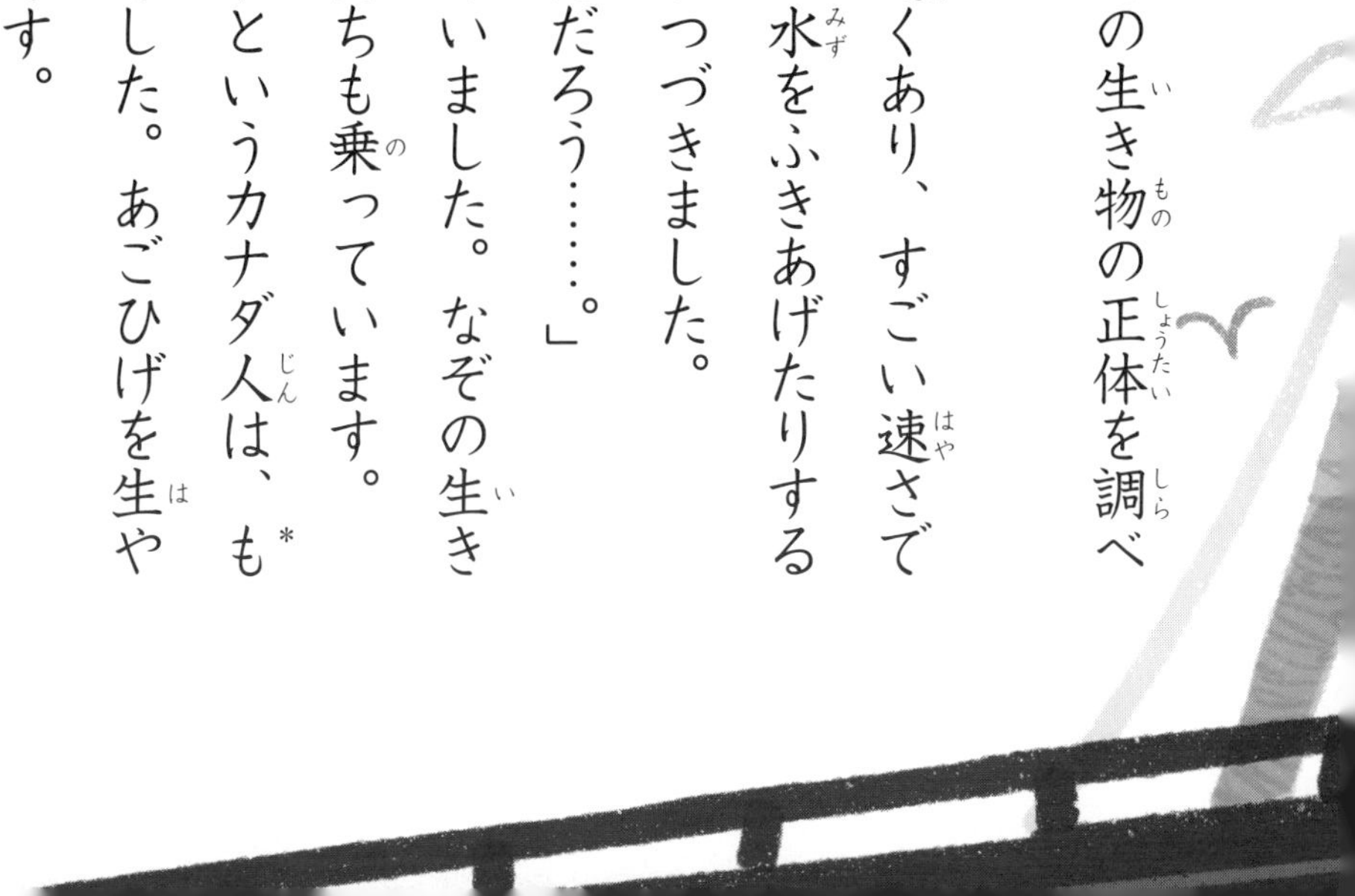

船《ふね》はアメリカ・ニューヨークの港《みなと》を出発《しゅっぱつ》し、太平洋《たいへいよう》に出《で》ました。しばらく進《すす》みつづけ、日本の近《ちか》くに来《く》ると、ついにあの生《い》き物《もの》があらわれたのです。細長《ほそなが》い光《ひかり》がすごい速《はや》さでこちらに近《ちか》づいたり、はなれたりしています。

生《い》き物目《ものめ》がけて、大砲《たいほう》がうたれました。しかし、たまは当《あ》たったとたん、はじかれて海《うみ》に落《お》ちたのです。ネッドがいいました。

「おれがしとめてやる！」

船《ふね》を近《ちか》づけ、もりを投《な》げるネッド。

カチン！　と金《きん》ぞくの音《おと》がして、なその生《い》き物《もの》が動《うご》きはじめました。

大波《おおなみ》がザッバーン！

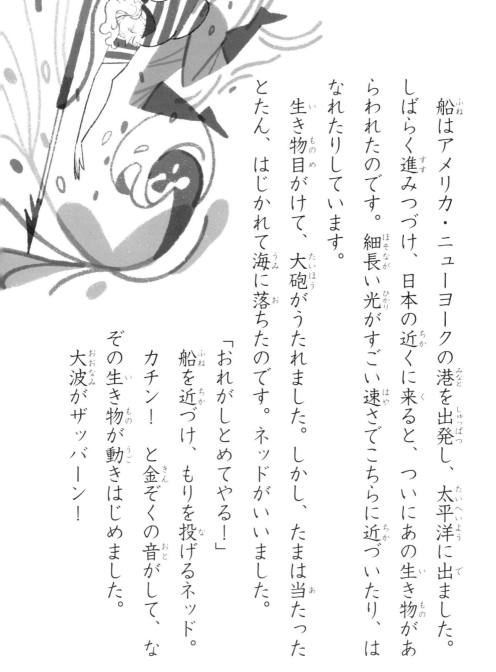

わたしは海《うみ》に投《な》げだされました。

「助《たす》けてくれ！」

すぐにコンセイユがとびこみ、わたしをつかみました。

「先生《せんせい》、助《たす》けが来《く》るまで、うかんで待《ま》ちましょう。」

二人《ふたり》で泳《およ》ぎながら助《たす》けを待《ま》つうち、わたしは体《からだ》がひえて、いしきが遠《とお》くなりました。

気《き》がつくと、わたしとコンセイユはなにかかたいものの上《うえ》に乗《の》っていました。ネッドもいます。

「ここは、どこだろう。」

「先生《せんせい》、あの生《い》き物《もの》の上《うえ》さ。いや、生《い》き物《もの》じゃない。かたい金《きん》ぞくでできている。」

「これは、潜水艦《せんすいかん》か！」

すると、ふたのようなハッチが開《ひら》きました。数人《すうにん》の男《おとこ》たちが出《で》てくると、わたしたちを潜水艦《せんすいかん》の中《なか》へと引《ひ》きずりこんだのです。

ノーチラス号《ごう》とネモ船長《せんちょう》

わたしたちは部屋《へや》にとじこめられました。なにをきいても、男《おとこ》たちは答《こた》えません。わたしたちに服《ふく》をあたえ、テーブルに料理《りょうり》をおいていきました。魚《さかな》なのか肉《にく》なのかわからないまま、おそるおそる食《た》べてみると、おいしいことにおどろきました。

つかれきっていたので、ねむってしまいました。

目《め》がさめると、ネッドはおこってどなりました。

「おれたちをどうするつもりだ！」

そのとき、ドアの方《ほう》から落《お》ちついた声《こえ》が聞《き》こえました。

「お教《おし》えしましょう。あなた方《がた》は、この潜水艦《せんすいかん》に向《む》かって、ぶきを放《はな》ったてきです。命《いのち》を助《たす》けたのだから、わたしのいうことを聞《き》いてもらいます。」

わたしは思《おも》わずききました。

「あなたは、船長《せんちょう》ですか。」

「はい、この潜水艦《せんすいかん》ノーチラス号《ごう》の船長《せんちょう》、ネモです。わたしは地上《ちじょう》ではなく、海《うみ》でずっと生《い》きていくと決《き》めています。あなた方《がた》が潜水艦《せんすいかん》のことを知《し》ってしまったからには、もう地上《ちじょう》にはもどれません。」

一生《いっしょう》ここから出《で》られないだって！　なんということでしょう。「ネモ」は、ラテン語《ご》で「だれでもない」という意味《いみ》です。「ノーチラス」は貝《かい》のようなふしぎな生《い》き物《もの》「オウムガイ」のこと。こうして、なぞにみちたノーチラス号《ごう》での生活《せいかつ》が始《はじ》まりました。

ノーチラス号《ごう》の中《なか》を自由《じゆう》に歩《ある》くことはゆるされたので、わたしは見《み》てまわりました。本《ほん》が一万《まん》さつ以上《いじょう》ある図書室《としょしつ》がありました。美《び》じゅつ品《ひん》や絵《え》がかざられた部屋《へや》には、パイプオルガンもあります。

「こんなに大《おお》きなノーチラス号《ごう》はどうやって動《うご》いているのだろう。中《なか》の空気《くうき》はどうなっているのだ。」

わたしは知《し》りたくてたまらず、ネモ船長《せんちょう》にきいてみました。

「電気《でんき》で動《うご》いているのです。海水《かいすい》から取《と》りだせる物質《ぶっしつ》を使《つか》って電気《でんき》をつくっています。空気《くうき》は何日《なんにち》かに一度《ど》、海《うみ》の上《うえ》に出《で》て、とくべつな空気《くうき》タンクにためておくのです。」

ネモ船長《せんちょう》はそれらをひとりで発明《はつめい》したというのです。さらに、料理《りょうり》はすべて海《うみ》からとれるもので作《つく》り、服《ふく》も貝《かい》が作《つく》りだすせんいでできるもの。すべてが海《うみ》のめぐみなのです。

コンセイユとネッドと、大《おお》きなガラスまどから海《うみ》の中《なか》を見《み》たときには、息《いき》をのみました。

「おお！　なんて美《うつく》しい……。」

すんだ青《あお》い海《うみ》に色《いろ》とりどりの魚《さかな》たち。さらに、サバ、シマダイ、ウツボ、大《おお》きなエイ。海《うみ》の研究《けんきゅう》をしてきたわたしは、はじめて目《め》にする光景《こうけい》に心《こころ》をうばわれました。

海底《かいてい》の森《もり》を歩《ある》く

「海底《かいてい》の森《もり》へ出《で》かけませんか。」

ある日《ひ》、ネモ船長《せんちょう》からさそわれました。ぜひ、行《い》ってみたい！

ゴムでできたとくべつな潜水服《せんすいふく》を着《き》ます。頭《あたま》にはヘルメットのようなものをかぶり、せなかにはタンク。そのタンクに空気《くうき》が入《はい》っていて、海《うみ》の中《なか》でも息《いき》ができるのです。ネッドは潜水服《せんすいふく》を着《き》るのをい

やがって、ノーチラス号《ごう》にのこりました。出入《でい》り口《ぐち》から海《うみ》の中《なか》へ出《で》ました。太陽《たいよう》の光《ひかり》が海《うみ》の中《なか》にとどき、岩《いわ》や貝《かい》が七色《なないろ》にかがやいています。まるでゆめのように美《うつく》しく、ことばになりません。ネモ船長《せんちょう》のうしろを歩《ある》きながら、わたしは、イソギンチャクやサンゴなどを見《み》るのにむちゅうでした。

緑《みどり》の海《かい》そうがしげり、ゆらゆらとゆれる海《かい》底《てい》の森《もり》に着《つ》きました。ひと休《やす》みして、また歩《ある》きだしたとき、前《まえ》にいたネモ船長《せんちょう》が、いきなりわたしをすな地《ち》におしたおしたのです。

おどろくわたしの上《うえ》を二ひきのサメが泳《およ》いでいきました。人間《にんげん》もかみくだいてしまうおそろしいサメです。おしたおされたおかげで、わたしはサメに気《き》づかれずにすみました。

こわい思《おも》いもしましたが、海底《かいてい》の散歩《さんぽ》はすばらしいものでした。こうしたできごとを、わたしはノートに書《か》きとめていきました。

サンゴのおはか

インド洋《よう》へ向《む》かうノーチラス号《ごう》。ある日《ひ》、ネモ船長《せんちょう》がこわばった顔《かお》でいいました。

「しばらく、あなた方《がた》は一《ひと》つの部屋《へや》にいてもらいます。なにも見《み》たり、聞《き》いたりしてはいけません。」

わたしたちは部屋《へや》にとじこめられ、食事《しょくじ》が出《だ》されました。食《た》べると、すぐにねむってしまいました。ねむり薬《ぐすり》が入《はい》っていたのです。

どうやら、わたしたちには知《し》られたくないことがあるようです。

次《つぎ》の日《ひ》の朝《あさ》、目《め》がさめると、ネモ船長《せんちょう》がわたしにいいました。

「先生《せんせい》に、部下《ぶか》のけがの手当《てあ》てをおねがいしたいのです。」

「……わかりました。」

ひとりの男《おとこ》がひどい大《おお》けがをしていました。きのうのできごとに関係《かんけい》がありそうです。男《おとこ》は弱《よわ》りきって、助《たす》かりそうにありません。

わたしがそういうと、ネモ船長《せんちょう》はぎゅっと目《め》をとじ、なみだをこらえていました。

次《つぎ》の日《ひ》、ネモ船長《せんちょう》から海底《かいてい》の外出《がいしゅつ》にさそわれました。コンセイユと、今度《こんど》はネッドも行《い》くことになりました。

乗組員《のりくみいん》たちが海底《かいてい》をならんで歩《ある》いていきます。うしろの方《ほう》で、大《おお》きな長《なが》い箱《はこ》をかついでいる人《ひと》がいました。

やがて、サンゴの森《もり》に着《つ》きました。そこには、

サンゴでできた*1十字架《じゅうじか》がありました。乗組員《のりくみいん》たちがあなをほり、箱《はこ》をうめます。
「ここはおはかだ。箱《はこ》の中《なか》にいるのは、きのうの男《おとこ》にちがいない。
いったいなにが起《お》こったのだろう……。」
死《し》んでしまった男《おとこ》のために、みんながしずかにいのりました。

南極《なんきょく》をめざす

ノーチラス号《ごう》は*2紅海《こうかい》へと進《すす》んでいきました。そこで、ひみつの海《かい》底《てい》トンネルを通《とお》って*3地中海《ちちゅうかい》に出《で》ました。このトンネルはネモ船長《せんちょう》が発見《はっけん》したもので、世界中《せかいじゅう》のだれも知《し》りません。

*1 十字架《じゅうじか》…十字形《じゅうじがた》に組《く》みあわせた柱《はしら》で、キリスト教《きょう》のしるし。
*2 紅海《こうかい》…アラビア半島《はんとう》とアフリカ大陸《たいりく》の間《あいだ》にある海《うみ》。 *3 地中海《ちちゅうかい》…ユーラシア大陸《たいりく》とアフリカ大陸《たいりく》の間《あいだ》にある海《うみ》。

わたしとネモ船長《せんちょう》で、海底《かいてい》の王国《おうこく》も見《み》にいきました。大《おお》むかしに海《うみ》のそこにしずんだ「アトランティス」というまぼろしの王国《おうこく》です。海《うみ》には、おどろきや感動《かんどう》がたくさんありました。

旅《たび》をつづけるノーチラス号《ごう》。まわりの海《うみ》に流氷《りゅうひょう》が見《み》えてきました。

「ネモ船長《せんちょう》、どこへ行《い》くのですか。」

「南極《なんきょく》[*1]をめざしています。」

南極《なんきょく》！　そこはまだ人間《にんげん》が行《い》ったことがない所《ところ》です[*2]。かんたんにはたどりつけません。やがて、ノーチラス号《ごう》は氷《こおり》にかこまれて動《うご》けなくなりました。

「なんだか息《いき》が苦《くる》しい……。氷《こおり》からぬけだせるだろうか。」

＊1 南極《なんきょく》…ここでは地球《ちきゅう》のもっとも南《みなみ》にある大陸《たいりく》のことを指《さ》す。

＊2 このお話《はなし》が発表《はっぴょう》された1870年《ねん》には、まだ南極《なんきょく》にとうたつした人《ひと》はいなかった。1911年《ねん》にノルウェー人《じん》のアムンゼンがはじめてとうたつする。

まわりの氷《こおり》をつるはし＊3でわり、氷《こおり》の下《した》にもぐるという作戦《さくせん》が行《おこな》われました。潜水艦《せんすいかん》の先《さき》で、下《した》からぶあつい氷《こおり》をつきやぶるのです。何度《なんど》もアタックをくりかえしました。

そして、ついに氷《こおり》の上《うえ》に出《で》ることができました。ぼうけんをなしとげ、南極《なんきょく》に立《た》ったネモ船長《せんちょう》。ノーチラス号《ごう》から持《も》ってきたはたをかかげて、こういいました。

「われわれは人類《じんるい》ではじめて南極《なんきょく》に立《た》ったのだ！」

＊3 つるはし…かたいものをほるのに使《つか》う、鉄《てつ》などでできた道具《どうぐ》。

おそろしい大《おお》ダコ

北《きた》へ向《む》かうとちゅう、ガタン！　とつぜん、エンジンが止《と》まりました。ネモ船長《せんちょう》が来《き》ていいました。

「大《おお》ダコがスクリューにからまったようです。たいじしなければ動《うご》けません。」

ガラスまどを見《み》ると、化《ば》け物《もの》のような大《おお》ダコが！　八メートル近《ちか》い大《おお》きさで、ぐにゃぐにゃと動《うご》く長《なが》い足《あし》、ぎょろりとした目《め》。なんびきもいます。

「おれが行《い》くぜ！」

ネッドがいいました。わたしとコンセイユも、おのを手《て》にして向《む》

かいます。ハッチからノーチラス号《ごう》の上《うえ》に出《で》たネモ船長《せんちょう》とネッドは、おのやもりで大《おお》ダコに立《た》ちむかいました。

ブシューッ！

大《おお》ダコが黒《くろ》いすみをふきかけます。ネッドが大《おお》ダコの足《あし》にからめとられてひっくりかえりました。あぶない！

急《いそ》いでネモ船長《せんちょう》が大《おお》ダコの口《くち》へおのをふりおろし、そのすきに起《お》きあがったネッドがとどめをさしました。おそろしい大《おお》ダコとのたたかいでした。

ノーチラス号《ごう》を去《さ》る日《ひ》

わたしたちがとらえられて、七か月《げつ》がすぎました。ネッドはだいぶ前《まえ》から、にげだすことを考《かんが》えていました。

「もう海《うみ》の中《なか》はいやだ。先生《せんせい》、三人《にん》でにげよう。」

きょうみ深《ぶか》いことは多《おお》いけれど、わたしもコンセイユも、この生《せい》活《かつ》につかれてきていました。

ある日《ひ》、海《うみ》の向《む》こうに軍艦《ぐんかん》があらわれました。ノーチラス号《ごう》をねらい、大砲《たいほう》をうって、こうげきしてきます。

ネモ船長《せんちょう》は、いかりにふるえながらいいました。

「軍艦《ぐんかん》をしずめます。」

「なぜですか。人《ひと》がたくさん乗《の》っています。」

「あの軍艦《ぐんかん》の持《も》ち主《ぬし》の国《くに》は、かつて、わたしのふるさとと、あいする家族《かぞく》をうばいました。決《けっ》してゆるさない。」

ノーチラス号《ごう》は深《ふか》くもぐり、軍艦《ぐんかん》のそこをぶちやぶりました。あなが空《あ》いた軍艦《ぐんかん》は、たくさんの人《ひと》を乗《の》せたまま海《うみ》にしずんでいきます。わたしは、むねが苦《くる》しくなりました。

「なぜこんなにひどいことを……。」

前《まえ》に、ねむり薬《ぐすり》でねむらされたときも、こんなことが行《おこな》われたのかもしれません。にくしみにもえるネモ船長《せんちょう》は、ふくしゅうをしているのでしょうか。

その後《ご》、わたしは見《み》ました。ネモ船長《せんちょう》が、わかい女《おんな》の人《ひと》と子《こ》どもたちの絵《え》の前《まえ》でなみだを流《なが》しているのを……。

わたしたちは、にげだすことに決《き》め、こっそりボートのじゅんびをしました。

いよいよその夜《よる》、ノーチラス号《ごう》が海《うみ》の上《うえ》に出《で》たときです。船《ふね》の中《なか》で、船員《せんいん》たちの意味《いみ》のわからないさけび声《ごえ》が聞《き》こえました。

「メールシュトレーム！」

なんだろう。しかし、チャンスをのがしたら、もうにげられないかもしれない。

思《おも》いきってボートで海《うみ》に出《で》ました。すると、大《おお》うずまきが！

「メールシュトレーム」は、うずまきのことだったのです。ボートもノーチラス号《ごう》も、いっしゅんでのみこまれました。

「わああっ！」

どのくらいたったでしょう。

気《き》がつくと、わたしは島《しま》のりょうしの家《いえ》でねかされていました。コンセイユとネッドもいました。

わたしたちは、生《い》きて地上《ちじょう》へもどってきたのです。

「先生《せんせい》！」
「コンセイユ！　ネッド！」
だきあってよろこびました。

フランスにもどったわたしは、ノートをもとにノーチラス号《ごう》でのできごとをまとめました。長《なが》い長《なが》い、約《やく》二万《まん》*マイルの海底《かいてい》の旅《たび》の記録《きろく》です。ノーチラス号《ごう》とネモ船長《せんちょう》がどうなったのかは、わからないままでした。

もしもどこかでネモ船長《せんちょう》が生《い》きているなら、にくしみが消《き》えていてほしい。そして、平和《へいわ》のために海《うみ》のたんけんをつづけてほしい。

わたしは心《こころ》からそうねがっています。

＊マイル…もとのタイトルには「マイル」ではなく、フランス語《ご》で「リュー」という単位《たんい》が使《つか》われていた。二万《まん》リューは、やく８万《まん》キロメートルにあたる。

アメリカの物語《ものがたり》

苦《くる》しい生活《せいかつ》のなかでも、なかよくくらす四姉妹《しまい》。
その毎日《まいにち》は、ゆめときぼうで、きらきらとかがやいています。

若草物語《わかくさものがたり》

原作・ルイザ・メイ・オルコット
文・早野美智代　絵・かわいみな

マーチ家《け》のクリスマス

マーチ家《け》には、メグ、ジョー、ベス、エイミーの四人《にん》の姉妹《しまい》がいます。クリスマスが近《ちか》いある日《ひ》、四人《にん》はだんろの前《まえ》でおしゃべりしていました。

「プレゼントのないクリスマスなんて、つまらないわ。それに、お父《とう》さまもおるすだし。」

ジョーが、ふまんそうにいいました。

お父《とう》さまは、遠《とお》い戦地《せんち》で、*牧師《ぼくし》とし

てはたらいています。

「お父《とう》さまもへいたいさんたちも、がんばっているのだから、わたしたちもがまんしましょうね。」

お母《かあ》さまがそういって、今年《ことし》はプレゼントがなしになったのです。それに、マーチ家《け》にはいま、お金《かね》があまりないことも、みんなはわかっていました。

十六歳《さい》のメグは家庭教師《かていきょうし》、十五歳《さい》のジョーは親《しん》せきの家《いえ》の手《て》つだいをして、そのお金《かね》を役《やく》だてようとしています。はずかしがり屋《や》のベスは、ばあやのハンナといっしょに家《いえ》の仕事《しごと》をし、小《ちい》さなエイミーだけが学校《がっこう》に行《い》っています。お母《かあ》さまは、戦地《せんち》に荷物《にもつ》を送《おく》る仕《し》事《ごと》や、まずしい人《ひと》たちの世話《せわ》をしていました。

＊牧師《ぼくし》…教会《きょうかい》で説教《せっきょう》や礼《れい》はいを行《おこな》うせきにん者《しゃ》。

「もうすぐお母《かあ》さまのお帰《かえ》りよ。」

ジョーは、そのためにスリッパをだんろで温《あたた》めていました。でも、そのスリッパはずいぶん古《ふる》びています。

「ねえ、お母《かあ》さまになにかプレゼントをしない？」

みんな大《だい》さんせいで、メグは手《て》ぶくろ、ジョーはスリッパ、ベスはハンカチ、エイミーは香水《こうすい》をあげることに決《き》めました。

夕食《ゆうしょく》のとき、お母《かあ》さまがいいました。

「あとで、いいことがありますよ。」

四人《にん》の顔《かお》が、ぱっとかがやきました。それがお父《とう》さまからの手紙《てがみ》だと、わかったからです。お父《とう》さまの手紙《てがみ》は、いつもはげましと勇《ゆう》気《き》をあたえてくれます。みんなは手紙《てがみ》がとどくのを、とても楽《たの》しみにしていました。

夕食《ゆうしょく》のあと、お母《かあ》さまがだんろの前《まえ》で読《よ》んでくれた手紙《てがみ》。それは、家族《かぞく》への思《おも》いがあふれる手紙《てがみ》でした。

「むすめたちがりっぱな女《じょ》せいになることを、心《こころ》からねがっています。」

手紙《てがみ》の最後《さいご》のことばを聞《き》いて、四人《にん》は、そうなろうと心《こころ》の中《なか》でちかいました。

クリスマスの朝《あさ》、早《はや》くから出《で》かけていたお母《かあ》さまが、帰《かえ》ってきていいました。

「この朝《あさ》ごはんを、フンメルさん一家《いっか》にあげようと思《おも》うの。まずしくて食《た》べるものもないの。」

四人《にん》はおなかがぺこぺこでしたが、そんなフンメルさんを放《ほう》ってはおけません。そこで、朝《あさ》ごはんをすべてフンメルさんの家《いえ》に運《はこ》びました。その日《ひ》のマーチ家《け》の朝食《ちょうしょく》は、パンとミルクだけでした。

ところが、夜《よる》になってすばらしいことが起《お》きたのです。テーブルには、ケーキにくだもの、アイスクリーム、あまいボンボンがならび、そばにはごうかな花束《はなたば》もあります。

「わあ、このごちそう、どうしたの！」

大《おお》さわぎするむすめたちに、お母《かあ》さまがいいました。

「おとなりのローレンスさんからよ。ハンナがお手《て》つだいさんに朝《あさ》のできごとを話《はな》したら、それを聞《き》いて、ごほうびにくださったの。あなたたちの行《おこな》いに、感動《かんどう》したとおっしゃって。」

ごちそうに大《おお》よろこびのむすめたちと、そのむすめたちからのプレゼントを手《て》にほほえむお母《かあ》さま。マーチ家《け》のクリスマスの夜《よる》は、しずかにすぎていきました。

ローレンス家《け》の人《ひと》びと

ローレンスさんのまごむすこのローリーは、ジョーと同《おな》じ十五歳《さい》。あるダンスパーティーで親《した》しくなり、そ

れから、ときどき話《はなし》をするようになりました。

明《あか》るいせいかくのジョーは、ローレンスさんともなかよしです。二つの家《いえ》はいまでは親《した》しく行《い》き来《き》していました。花《はな》がすきなメグは温室《おんしつ》へ、本《ほん》がすきなジョーは図書室《としょしつ》へと通《かよ》い、絵《え》がすきなエイミーはお屋《や》しき中《じゅう》の絵《え》を見《み》てまわりました。でも、ベスだけは行《い》けません。ピアノがすきなベスは、お屋《や》しきにあるグランドピアノをひきたいのですが、ローレンスさんがどうしてもこわいのです。

それを知《し》ったローレンスさんは、いいことを思《おも》いつきました。ある日《ひ》ローレンスさんは、マーチ家《け》へやってきて、お茶《ちゃ》を飲《の》みながら、お母《かあ》さまと音楽《おんがく》の話《はなし》を始《はじ》めました。

「うちのピアノ、長《なが》い間使《あいだつか》っていないので、音《おと》が悪《わる》くなりそうです。

だれかひいてくれるといいのですが。」

部屋《へや》のすみで聞《き》いていたベスは、おそるおそる近《ちか》づいて、思《おも》いきっていいました。

「わたしでよければ、――ピアノを、――ひきます。」

すると、ローレンスさんは、にっこりとほほえみました。

「それはありがたい！」

こうしてベスは、お手《て》つだいの合間《あいま》にせっせとおとなりに行《い》って、ピアノをひきました。きれいな音《おと》が出《で》るピアノをひけて、ベスは幸《しあわ》せです。

「ローレンスさんに、お礼《れい》がしたいわ。」

ベスは、きれいなぬのでスリッパを作《つく》り、それをあげることにしました。けれども、直《ちょく》せつわたす勇気《ゆうき》がありません。そこでお手《て》つだいさんにわたすようにたのんで、急《いそ》いで帰《かえ》ってきました。

それからしばらくして、マーチ家《け》に美《うつく》しいピアノがとどきました。それには、ローレンスさんからの手紙《てがみ》がそえてあります。

「すてきなスリッパをありがとう。このピアノは、なくなった、まごむすめの物《もの》ですが、あなたが使《つか》ってくれたら、あの子《こ》も天国《てんごく》でよろこぶでしょう。」

ベスは大《おお》よろこびで、ローレンス家《け》にかけこみました。

「あのう……。」

むねがいっぱいで、ことばが出《で》ません。

ベスは、思《おも》わずローレンスさんのほおにキスしました。ローレンスさんは、やさしくベスをだきしめました。

ジョーのいかり

「待《ま》って！」

出《で》かけようとするメグとジョーを、エイミーがよびとめました。

ローリーのさそいで、二人《ふたり》は、おしばいへ出《で》かけるところです。

「おしばいに、わたしも行《い》きたいの！」

「エイミーは、まねかれていないからだめ。メグ、早《はや》く行《い》こう！」

ジョーはメグを引《ひ》っぱって、さっさと行《い》ってしまいました。エイミーはくやしそうに、それをにらんでいました。

次《つぎ》の日《ひ》、ジョーがあわてて部屋《へや》から出《で》てきました。

「だれか、わたしのノートを知《し》らない？　どこにもないの！」

ジョーのノートには、いくつもの物語《ものがたり》が書《か》かれていました。家族《かぞく》はみんな、ジョーが長《なが》いことかかってその物語《ものがたり》を仕上《しあ》げ、本《ほん》になることをゆめ見《み》ていることを知《し》っています。

「まあ、たいへん！　でも、知《し》らないわ。」

メグもベスも、すぐに答《こた》えました。でもエイミーはそっぽを向《む》いて、だまっています。ジョーは、エイミーにつめよりました。

「あなた、かくしてない？」

「あんなもの、だんろでもやしちゃったわ。」

ジョーの顔色《かおいろ》が、さっとかわりました。

「なんてことを！　やっと書《か》きあげたたいせつなノートを、よくもあんたは！」

ジョーは、エイミーのほおをぴしゃりとたたきました。

「一生《いっしょう》ゆるさないから！」

そうさけんで、階《かい》だんをかけあがっていきました。

家中《いえじゅう》が重苦《おもくる》しい空気《くうき》につつまれました。みんなこわい顔《かお》をしています。エイミーは、自分《じぶん》のしたことの大《おお》きさに、やっと気《き》がつきました。

次《つぎ》の日《ひ》、エイミーはジョーにあやまりました。

「悪《わる》かったわ。ごめんなさい。」

けれどもジョーは、つめたくいいはなちます。

「一生《いっしょう》ゆるさないって、いったはずよ！」

そして、ジョーはローリーとス

ケートをしにでかけてしまったのです。エイミーが追《お》いかけてきたのに気《き》がつきましたが、知《し》らないふりをしてさっさとすべりはじめました。

「ジョー、真《ま》ん中《なか》の方《ほう》は氷《こおり》がうすいから、気《き》をつけて。」

先《さき》に行《い》くローリーがそう注意《ちゅうい》したとき、ジョーは、うしろから来《く》るエイミーのことをちらりと考《かんが》えました。エイミーには、ローリーの声《こえ》はとどきません。

「あんな子《こ》、どうなっても知《し》らない！」

ローリーにつづこうとしてふとふりかえると、おそろしい場面《ばめん》が目《め》に入《はい》りました。エイミーがさけび声《ごえ》を上《あ》げて、氷《こおり》のわれ目《め》に落《お》ちていくのです。ジョーは、あまりのことに声《こえ》も出《で》ません。

さけび声《ごえ》を聞《き》いたローリーが、すごいスピードでもどってきました。そして、二人《ふたり》で力《ちから》を合《あ》わせて、エイミーをわれ目《め》からすくいだしました。

エイミーはいま、あたたかいだんろの前《まえ》でねむっています。ジョーは、お母《かあ》さまの前《まえ》でないていました。

「お母《かあ》さまのようにやさしい人《ひと》になりたいのに、どうしてもいかりをおさえられなかったの。わたしの心《こころ》には、あくまがいるんだわ。」

お母《かあ》さまは、ないているジョーのせなかをやさしくなでながらいいました。

「わたしも、おこりっぽいの。いまでも毎日《まいにち》、いかりをおさえる努力《どりょく》をしているのよ。」

ジョーは、おどろいて顔《かお》を上《あ》げました。いつもおだやかなお母《かあ》さまがおこりっぽいなんて、しんじられません。

「努力《どりょく》すれば、わたしにもできる？」

「できるように、おたがいにがんばりましょう。」

お母《かあ》さまは、しっかりとうなずきました。

ジョーは、ねむっているエイミーに、そっといいました。

「ごめんね。わたしのほうこそ、悪《わる》かったわ。」

幸《しあわ》せなクリスマス

マーチ家《け》では、それからも、さまざまなことが起《お》きました。春《はる》のパーティーに出《で》かけたメグが、着《き》かざることよりも心《こころ》の美《うつく》しさがたいせつだと気《き》づいたり、夏休《なつやす》みに家《いえ》の仕事《しごと》をせずにのんびりしようとしたけっか、家中《いえじゅう》がひどいことになったり、ローリーの友《とも》だちといっしょにキャンプをしたり。四人《にん》は、しっぱいや楽《たの》しいできごとのなかで、少《すこ》しずつ成長《せいちょう》していきました。

そして、秋《あき》も深《ふか》まった十一月《がつ》のある日《ひ》のことです。お母《かあ》さまが、一まいの手紙《てがみ》を手《て》に、真《ま》っ青《さお》な顔《かお》で立《た》ちすくんでいました。戦地《せんち》にいるお父《とう》さまが、重《おも》い病気《びょうき》で命《いのち》があぶないというのです。

「いますぐ、お父《とう》さまの所《ところ》へ行《い》かなくては！」

けれども、入院《にゅういん》しているワシントンまで行《い》くには、たくさんのお金《かね》がかかります。そのときジョーがすっといなくなり、やがてもどってくると、お母《かあ》さまにお金《かね》をさしだしました。

「これで、お父《とう》さまの所《ところ》へ行《い》ってください。」

「こんなお金《かね》、いったい……。」

すると、ジョーは、ぼうしを取《と》りました。長《なが》い自《じ》まんのかみが、ばっさりなくなっています。

「かみを売《う》ったの。すっきりしていい気分《きぶん》！」

明《あか》るくわらうジョーでしたが、夜《よる》になると、ベッドでしくしくないていました。

「さようなら、わたしのきれいなかみ……。」


次《つぎ》の日《ひ》、ローリーの家庭教師《かていきょうし》のブルック先生《せんせい》がつきそって、お母《かあ》さまはワシントンへ出発《しゅっぱつ》しました。のこされた四人《にん》は、いままで以《い》上《じょう》に、仕事《しごと》やお手《て》つだいにはげんでいます。ベスは、お母《かあ》さまの代《か》わりに、まずしいフンメルさんの家《いえ》に通《かよ》っています。そのベスが、ある日《ひ》、なきながら帰《かえ》ってきました。

「フンメルさんの赤《あか》ちゃんが、*しょうこう熱《ねつ》で死《し》んだの。」

そういうベスの顔《かお》も、熱《ねつ》で真《ま》っ赤《か》です。

「ベスおじょうさんにもうつったようですね。」

　ハンナがてきぱきと指図《さしず》して、ベスはベッドに入《い》れられました。小《ちい》さなエイミーは、うつるのが心配《しんぱい》なので手《て》つだえません。メグとジョーだけが、ハンナといっしょにかんびょうしました。けれども、ベスのようすは日《ひ》に日《ひ》に悪《わる》くなっていきます。二人《ふたり》は、いのるような気持《きも》ちでベスを見守《みまも》りました。

　あるとき、それまで苦《くる》しい息《いき》をしていたベスが、ふっとしずかになりました。

「まさか……。」

　二人《ふたり》は、息《いき》をのみました。すると、ハンナがわらいだしました。

＊しょうこう熱《ねつ》…おもに子《こ》どもがかかる、でんせん病《びょう》。

「よかった！　熱《ねつ》が下《さ》がったんです。助《たす》かったんですよ！」
みんな、大《おお》よろこび。
「神《かみ》さま、ありがとうございます！」

お父《とう》さまの病気《びょうき》もよくなり、お母《かあ》さまは帰《かえ》ってきました。ブルック先生《せんせい》がのこって、世話《せわ》をしてくれています。ベスも、少《すこ》しずつよくなってきました。

ふたたびクリスマスがやってきて、まどからは、大《おお》きな雪《ゆき》だるまが見《み》えます。ベスがベッドからでも見《み》えるように、ジョーとローリーが作《つく》ったものです。ベスは、それを見《み》ながらいいました。

「これで、お父《とう》さまがいっしょにクリスマスをすごしてくださったら、いうことないんだけど。」

そのとき、ローリーが、元気《げんき》よくドアを開《あ》けて入《はい》ってきました。

「みなさん、クリスマスプレゼントです！」

なんとそこには、ブルック先生《せんせい》にささえられた、お父《とう》さまが立《た》っていたのです。

「ただいま、わたしのたいせつなむすめたち。」

だんろにはあたたかい火《ひ》がもえ、マーチ家《け》はすてきなクリスマスをむかえることができました。

イギリスの物語《ものがたり》

新聞記者《しんぶんきしゃ》のマローンは、風《ふう》がわりなチャレンジャー教授《きょうじゅ》らと、恐竜《きょうりゅう》がいるというアマゾンの台地《だいち》へと向《む》かいます。

ロスト・ワールド

原作・コナン・ドイル
文・古藤ゆず　絵・ノダタカヒロ

いざ、たんけんへ

南《みなみ》アメリカ大陸《たいりく》を流《なが》れるアマゾン川《がわ》。いま、ぼくはカヌーに乗《の》って、ジャングルをながめながら、この川《かわ》を進《すす》んでいる。とんでもないたんけんをするために……。

ぼくは、イギリスの新聞社《しんぶんしゃ》ではたらくマローン。取材《しゅざい》して記事《きじ》を書《か》く新聞記者《しんぶんきしゃ》だ。この前《まえ》、動物《どうぶつ》の研究《けんきゅう》について発表《はっぴょう》する会《かい》があり、ぼくも話《はなし》を聞《き》きにいった。ある学者《がくしゃ》が「恐竜《きょうりゅう》は大《おお》むかしにほろんだ」と発言《はつげん》したときだ。大《おお》きな声《こえ》がした。

「いや、恐竜《きょうりゅう》はほろんでいない！」

もじゃもじゃのひげを生《は》やし、小太《こぶと》りでがっしりした男《おとこ》が立《た》ちあがっている。チャレンジャー教授《きょうじゅ》だ。すぐれた学者《がくしゃ》だが、自分《じぶん》の意見《いけん》を決《けっ》して曲《ま》げず、おこりっぽいことで有名《ゆうめい》だ。

すると、やせてせが高《たか》く、れいせいなサマリー教授《きょうじゅ》がいった。

「チャレンジャー教授《きょうじゅ》は、恐竜《きょうりゅう》がいまも生《い》きているというのですね。どこにいるのでしょう。」

「アマゾン川《がわ》の上流《じょうりゅう》だ。わたしはそこに行《い》ってきた。ぜつめつしたといわれる生《い》き物《もの》がいて、スケッチブックの絵《え》もある。」

「絵《え》ではない、もっとはっきりしたしょうこはないのですか。」

けんかになりそうなふんいきだ。会場《かいじょう》がざわついている。

「では、サマリー教授《きょうじゅ》、わたしとアマゾン川《がわ》へ行《い》きましょう。ご自《じ》分《ぶん》の目《め》でたしかめるといい。」

「ほほう、じっさいに見《み》られるなら、よろこんで行《い》こう。」

なんと、サマリー教授《きょうじゅ》がアマゾン川《がわ》に行《い》くことになった。チャレンジャー教授《きょうじゅ》が、また声《こえ》を上《あ》げた。

「たんけんたいをけっせいしよう。行《い》きたい者《もの》はいないかね？」

「おもしろそうだ。仲間《なかま》に入《い》れてくれ。」

その声《こえ》は、たんけん家《か》のロクストン卿《きょう》。世界中《せかいじゅう》をたんけんしてきたゆうかんな男《おとこ》だ。

ぼくは、どきどきした。恐竜《きょうりゅう》を見《み》つけたら、新聞《しんぶん》で大《だい》ニュースになる。こんなチャンスはめったにないぞ！

「はい！　ぼくも行《い》きます。」

「よし、四人《にん》で行《い》こう。」

こうして、ぼくたちはアマゾン川《がわ》への旅《たび》に出《で》ることになった。なにが起《お》こるかわからない、たんけんの始《はじ》まりだ。

ほんとうにいた！

ぼくたちはアマゾン川《がわ》をカヌーで進《すす》んでいた。川《かわ》がだんだんあさ

＊卿《きょう》…身分《みぶん》の高《たか》い人《ひと》をよぶとき、名前《なまえ》につける。

くなり、荷物《にもつ》をかついで歩《ある》いていくことにした。

とつぜん、先頭《せんとう》のチャレンジャー教授《きょうじゅ》が、空《そら》を見《み》て立《た》ちどまった。

「見《み》たまえ！　つばさがある*よくりゅうだ。」

いっしゅん、はい色《いろ》の鳥《とり》のようなものが見《み》え、すぐにとびさった。

サマリー教授《きょうじゅ》はいった。

「コウノトリだろう。ただの鳥《とり》だ。」

それから歩《ある》きつづけて、広《ひろ》い平原《へいげん》に出《で》た。そこには、ふしぎな形《かたち》の台地《だいち》がそびえたっていた。高《たか》さは三百メートルくらいで、横《よこ》にずっと長《なが》く、てっぺんは、平《たい》らになっている。チャレン

ジャー教授《きょうじゅ》はいった。

「しょくん、ついにとう着《ちゃく》したぞ。ここが、恐竜《きょうりゅう》のいる台地《だいち》だ。わたしは前《まえ》に来《き》たとき、台地《だいち》に登《のぼ》ることができなかったから、今度《こんど》こそ登《のぼ》りたい。なんとしても！」

しかし、こんなに高《たか》いがけのような台地《だいち》に、どうしたら登《のぼ》れるだろう。まず、テントをはり、みんなで登《のぼ》り方《かた》を考《かんが》えることにした。

夜《よる》、ロクストン卿《きょう》がしとめた野生《やせい》のブタの肉《にく》をやいていたときだ。

バサバサッ！

空《そら》からなにかがまいおりて、さっとブタ肉《にく》をくわえ、とびさった。

＊よくりゅう…恐竜《きょうりゅう》に近《ちか》い、は虫類《ちゅうるい》のなかま。恐竜《きょうりゅう》とほぼ同《おな》じころにあらわれ、ぜつめつもほぼ同《おな》じ六千六百万年《ねん》前《まえ》と考《かんが》えられている。

長《なが》い首《くび》、気味《きみ》の悪《わる》いつばさ、ぎらぎらした赤《あか》い目《め》。歯《は》が生《は》えたくちばし、サマリー教授《きょうじゅ》が息《いき》をのんでいった。

「よくりゅうだ。ほんとうにいた！　チャレンジャー教授《きょうじゅ》、わたしは、あやまらなければならない。みとめなくて悪《わる》かった。」

二人《ふたり》の教授《きょうじゅ》は、かたいあく手《しゅ》をした。たんけんたいにとって、記《き》念《ねん》すべき夜《よる》になった。

台地《だいち》に着《つ》いて

「台地《だいち》への登《のぼ》り方《かた》を発見《はっけん》したぞ！」

チャレンジャー教授《きょうじゅ》がいった。まず、台地《だいち》のそばの岩山《いわやま》に登《のぼ》る。そして、てっぺんに生《は》えているブナの木《き》を切《き》りたおし、橋《はし》をかけて台地《だいち》にわたるという方法《ほうほう》だ。

すぐにやってみることにした。

教授《きょうじゅ》たちとぼくは、木《き》の橋《はし》をはうようにしてわたったが、たんけん家《か》のロクストン卿《きょう》はすいすいと軽《かる》くわたっていた。

四人全員《にんぜんいん》が台地《だいち》に着《つ》き、がけからはなれたときだった。すごい音《おと》がしてふりむくと、いまわたった橋《はし》が下《した》に落《お》ちている！

これで、帰《かえ》り道《みち》がなくなった。

どんな生《い》き物《もの》がいるかわからないこの台地《だいち》で、はたしてぼくたちは生《い》きぬけるだろうか……。

まず、木《き》でかこまれた場所《ばしょ》に基地《きち》をつくり、食料《しょくりょう》や鉄砲《てっぽう》などをかくしておくことにした。

近《ちか》くを歩《ある》くと、生《い》き物《もの》の足《あし》あとがある。どきどきしながらたどっていくと……、そのすがたをあらわしたのだ！

「イグアノドンだ！」

二人《ふたり》の教授《きょうじゅ》は大《だい》こうふんしている。

さらに進《すす》むと、谷《たに》のくぼんだ地《ち》にプテロダクティルスというよくりゅうが何百羽《なんわ》もいた。つばさをばたつかせてギャーギャー鳴《な》いている。ぼくたちに気《き》づくといっせいにとんで、追《お》いかけてきた。

「うわあ、おそわれる！」

ロクストン卿《きょう》が、鉄砲《てっぽう》でうった。ぼくは首《くび》をつつかれたが、なんとかにげきった。

その夜《よる》は、おそろしいうなり声《ごえ》で目《め》をさました。なにか、とてつもなく大《おお》きな生《い》き物《もの》が近《ちか》づいている！

ロクストン卿《きょう》が、火《ひ》のついたえだを生《い》き物《もの》に向《む》かって投《な》げた。てらされたしゅん間《かん》、大《おお》きくさけた口《くち》から、するどいきばが見《み》えた。

肉食恐竜《にくしょくきょうりゅう》だ！　火《ひ》におどろいて、いなくなった。

「フーッ……。」

ぼくは息《いき》をはいた。あの不気味《ぶきみ》さ、こわくてたまらなかった。

木《き》の上《うえ》でびっくり！

台地《だいち》がどうなっているか知《し》るために、ぼくは高《たか》い木《き》に登《のぼ》ることにした。木登《きのぼ》りは得意《とくい》だ。だいぶ上《うえ》まで登《のぼ》ったとき、ふいに葉《は》っぱの中《なか》から、毛《け》むくじゃらの顔《かお》があらわれた。

「ぎゃっ！」

サルか？　人間《にんげん》か？　おどろいたのは向《む》こう

も同《おな》じで、さけんでにげていった。ぼくは気《き》持《も》ちを落《お》ちつかせ、木《き》の上《うえ》の方《ほう》まで登《のぼ》って台《だい》地《ち》を見《み》わたした。

「広《ひろ》いなあ。真《ま》ん中《なか》に湖《みずうみ》があるぞ。」

湖《みずうみ》の向《む》こうがわにがけがあり、ほらあなが見《み》える。ぼくは木《き》の上《うえ》で、紙《かみ》に地《ち》図《ず》をかいた。

木《き》から下《お》りて、サルのような生《い》き物《もの》を見《み》た話《はなし》をすると、チャレンジャー教授《きょうじゅ》がいった。

「それは猿人《えんじん》だろう。チンパンジーのような類人猿《るいじんえん》から人間《にんげん》に進化《しんか》する前《まえ》の生《い》き物《もの》だ。大《おお》むかしにいたが、この台《だい》地《ち》ではいまも生《い》きているのかもしれん。」

おそわれた基地《きち》

その夜《よる》、ぼくは気持《きも》ちが高《たか》ぶって、ねむれなかった。もっと調《しら》べてみたくなり、ひとりで湖《みずうみ》まで行《い》ってみることにした。

暗《くら》い森《もり》を歩《ある》いていく。湖《みずうみ》に着《つ》くと、ひし形《がた》のせびれがついたステゴサウルスが水《みず》を飲《の》んでいた。

湖《みずうみ》の向《む》こうのがけに、火《ひ》のような明《あ》かりが見《み》える。昼間《ひるま》に木《き》の上《うえ》から見《み》たほらあなの中《なか》だ。

「火《ひ》がついているということは、人間《にんげん》が住《す》んでいるのかもしれない。」

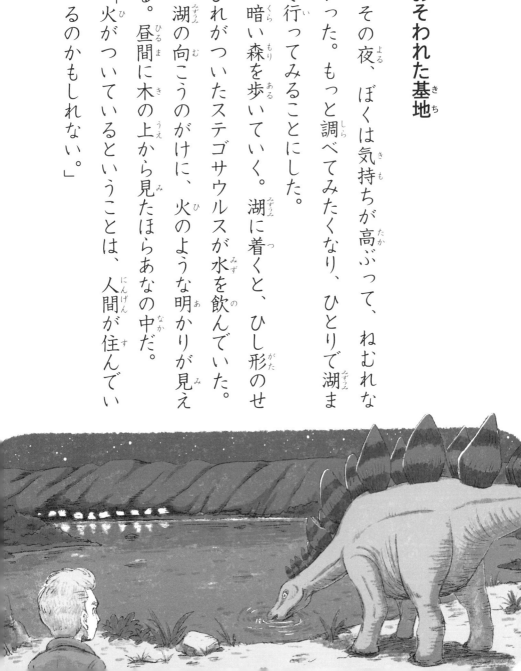

これは大発見《だいはっけん》だ。ぼくは基地《きち》にもどることにした。歩《ある》いていると、うしろからなにかがついてくる。肉食恐竜《にくしょくきょうりゅう》か？　もし追《お》いつかれたら……。ぼくは走《はし》りだした。走《はし》って走《はし》って、もうだめかと思《おも》ったとき、

「わっ！」

大《おお》きなあなに落《お》っこちた。そこには肉《にく》のかけらがおいてある。えものをとらえるための落《お》としあなにちがいない。

「人間《にんげん》が作《つく》った落《お》としあなだ。やはり台地《だいち》には人間《にんげん》がいるんだ。」

必死《ひっし》であなをはいあがり、基地《きち》にもどると、めちゃくちゃにあらされていた。なにがあった？　みんな、どこだ？　さがしにいきたいが、へとへとだ。すわりこむとまぶたが重《おも》くなり、ねてしまった。

朝《あさ》、ロクストン卿《きょう》に起《お》こされた。顔《かお》から血《ち》が出《で》ている。

「マローン、たいへんだ。鉄砲《てっぽう》を持《も》って、すぐに来《き》てくれ。」

ぼくはわけがわからないまま、ロクストン卿《きょう》についていった。

「夜中《よなか》に木《き》の上《うえ》から猿人《えんじん》たちが下《お》りてきた。きみが見《み》たやつだ。大《おお》ぜいでおそってきて、ぼくとサマリー教授《きょうじゅ》はさらわれてひどい目《め》にあったが、チャレンジャー教授《きょうじゅ》はちがう。なぜだと思《おも》う？」

「さあ、わかりません。」

「猿人《えんじん》は毛《け》むくじゃらで、体《からだ》つきもチャレンジャー教授《きょうじゅ》とにている。教授《きょうじゅ》は猿人《えんじん》の王《おう》さまにそっくりだから、だいじにされているんだ。」

思《おも》わずわらってしまった。ロクストン卿《きょう》はつづけていった。

「わたしは、すきを見《み》てにげてきた。教授《きょうじゅ》たちを助《たす》けにいこう。」

猿人《えんじん》たちは、がけの上《うえ》にいた。おどろいたことに、猿人《えんじん》ではない人間《にんげん》がいる！　おそらく、ぼくがきのう見《み》たほらあなに住《す》んでいる人間《にんげん》だ。きっと猿人《えんじん》につかまったのだ。ここで人間《にんげん》に会《あ》うなんて……。

あっ、サマリー教授《きょうじゅ》ががけからつきおとされようとしている！

ロクストン卿《きょう》が鉄砲《てっぽう》をぶっ放《ぱな》した。猿人《えんじん》たちは音《おと》にびっくり！　あわてふためき、にげまわる。そのすきにチャレンジャー教《きょう》授《じゅ》とサマリー教授《きょうじゅ》が走《はし》ってきて、ぼくたちはそこからからにげだした。

猿人《えんじん》とのたたかい

つかまっていた台地《だいち》の人間《にんげん》たちも四人《にん》にげてきた。ひとりはぼくと同《おな》じ年《とし》くらいの若者《わかもの》で、名前《なまえ》を「マレタス」というらしい。ぼくたちが猿人《えんじん》を追《お》いはらったことに感《かん》しゃしていた。

基地《きち》にいるときけんだ。ぼくたちは台地《だいち》の人間《にんげん》たちと湖《みずうみ》に向《む》かった。出《で》むかえてくれた、りっぱなようすの老人《ろうじん》はマレタスの父親《ちちおや》だった。

猿人《えんじん》たちは、また台地《だいち》の人間《にんげん》をこうげきしてくるだろう。ぼくたちは

人間《にんげん》の仲間《なかま》として、手助《てだす》けをすることにした。

たたかいのときがきた。ワーッと声《こえ》を上《あ》げ、せめてくる猿人《えんじん》たちに、矢《や》を放《はな》つ。猿人《えんじん》たちはしぶとく、こんぼうをふりまわしてあばれている。このままではやられる！

ズドーン！

ロクストン卿《きょう》が鉄砲《てっぽう》をうった。猿人《えんじん》たちはわめきながらにげだした。その後《ご》、はげしくもみあったすえに人間《にんげん》が勝《か》ち、猿人《えんじん》たちはもうせめてこなかった。

台地《だいち》の人間《にんげん》たちはよろこび、ぼくたちに、恐竜《きょうりゅう》の肉《にく》で作《つく》った料理《りょうり》をふるまってくれた。

「そろそろイギリスへ帰《かえ》りたい。台地《だいち》からぬけだす道《みち》はないかな？」

台地《だいち》の人間《にんげん》たちにきいてみたが、知《し》らないそぶりで教《おし》えてくれない。ぼくたちが帰《かえ》れるのぞみはうすかった。

ある日《ひ》、ロクストン卿《きょう》がおかしなかごを頭《あたま》からかぶって出《で》かけようとしていた。

「ちょっと、プテロダクティルスのすみかに行《い》ってみようと思《おも》ってね。きけんだから、かごをかぶっていくのさ。」

ロクストン卿《きょう》はそういうと、谷《たに》へ向《む》かっていった。

台地《だいち》よ、さようなら

ある日《ひ》、マレタスが「ひみつだ」というように口《くち》に指《ゆび》を当《あ》てて、丸《まる》めた木《き》の皮《かわ》をぼくたちにわたした。広《ひろ》げると、図《ず》が記《しる》してあった。

線《せん》が二十本近《ぽんちか》くあり、一本《ぽん》だけに×がつけてある。じっと見《み》たチャレンジャー教授《きょうじゅ》がいった。

「線《せん》は、おそらくほらあなを表《あらわ》している。×のほらあなが外《そと》に通《つう》じているのではないか？」

そのとおりだった。マレタスはぼくたちのために、こっそり教《おし》えてくれたのだ。×じるしのほらあなにたどりつくと、あなの中《なか》を通《とお》って、がけを下《くだ》り、ぼくたちはついに平原《へいげん》にもどってきた。恐竜《きょうりゅう》が生《い》きる台地《だいち》とおわかれだ。ぼくは新聞記者《しんぶんきしゃ》として、ここでのできごとをつたえようと心《こころ》に決《き》めた。

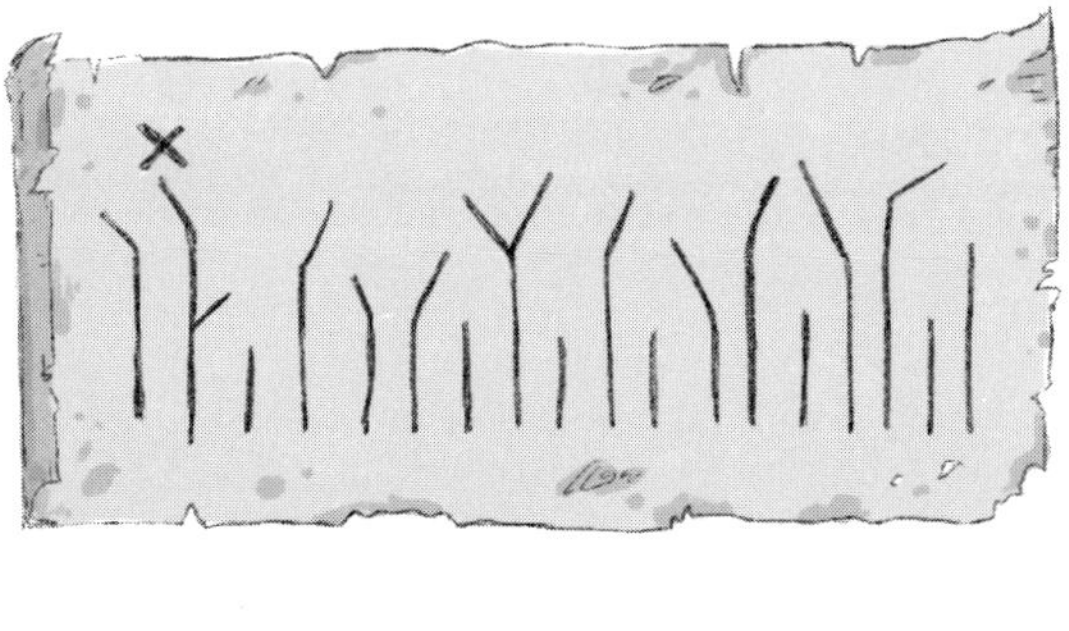

イギリスに帰《かえ》ると、大《おお》ぜいの人《ひと》がたんけんの話《はなし》を聞《き》きに集《あつ》まった。サマリー教授《きょうじゅ》がぜつめつ動物《どうぶつ》を見《み》つけたことを発表《はっぴょう》した。しかし、人《ひと》びとはうたがっている。

「教授《きょうじゅ》、しょうこはないのですか。」

すると、チャレンジャー教授《きょうじゅ》がいった。

「そんなにしょうこが見《み》たいなら、お見《み》せしよう。」

そして、大《おお》きな箱《はこ》を運《はこ》んできて、ふたを開《あ》けた。とびだしたのは、プテロダクティルスの子《こ》ども！　ロクストン卿《きょう》がつかまえて、箱《はこ》に入《い》れて

つれてきたのだ。つばさをバサバサして部屋《へや》をむちゃくちゃにとびまわる。人《ひと》びとが悲鳴《ひめい》を上《あ》げ、チャレンジャー教授《きょうじゅ》が大声《おおごえ》でいった。

「しょくん、落《お》ちついて！」

しかし、なんということか、開《あ》いていた部屋《へや》のまどから、プテロダクティルスは外《そと》へとんでいってしまったのだ。

どこへ行《い》ったかはわからない。台地《だいち》に帰《かえ》ったのかもしれない。

チャレンジャー教授《きょうじゅ》は、がっくりとかたを落《お》とした。

ロクストン卿《きょう》はいった。

「また台地《だいち》へ行《い》って、すごいしょうこを持《も》ちかえればいいのです。」

「そんなお金《かね》はないよ。」

ロクストン卿《きょう》はにやっとわらって、ふくろを取《と》りだした。

「わたしはプテロダクティルスのいた谷《たに》で、土《つち》の中《なか》からダイヤモンドを見《み》つけてほりだしました。ほら、ごらんなさい。こんなにある。大金《たいきん》になりますよ。今度《こんど》はしっかりとじゅんびをしていきましょう。」

ぼくは、思《おも》わずいった。

「もちろん行《い》きますよ、ぼくも！」

チャレンジャー教授《きょうじゅ》とサマリー教授《きょうじゅ》の目《め》がかがやいている。

またあの台地《だいち》へ、恐竜《きょうりゅう》に会《あ》いにいくのだ。

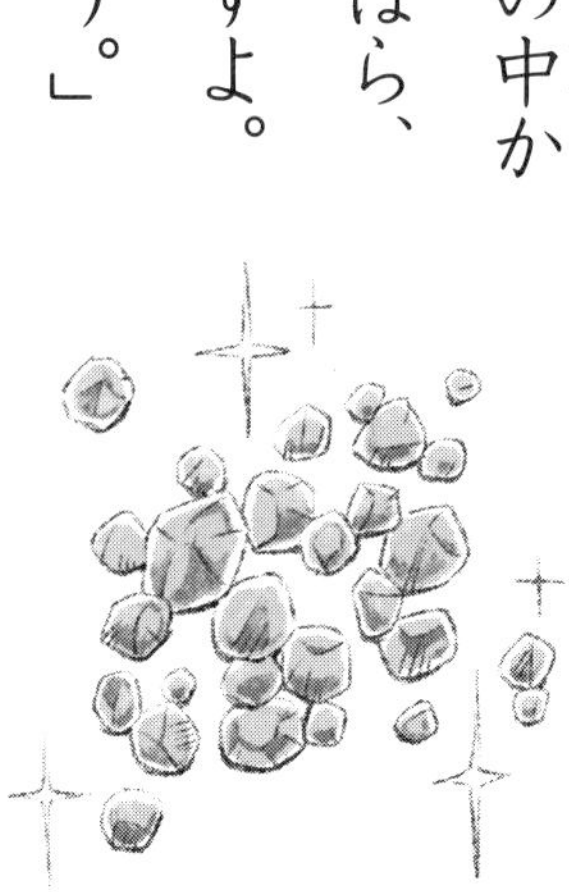

イギリスの物語《ものがたり》

おじさまの家《いえ》でくらすことになったメアリー。
だれも入《はい》ってはいけないという庭《にわ》で、きせきを起《お》こします。

ひみつの花園《はなぞの》

原作・フランシス・ホジソン・バーネット
文・早野美智代　絵・小倉マユコ

ムーアのなかのお屋《や》しき

メアリーは、ゆれる馬車《ばしゃ》のまどから外《そと》を見《み》ました。日《ひ》がしずみ、風《かぜ》がヒューヒューとふきあれるなか、黒《くろ》っぽいおかはどこまでもつづいていました。

「これが、ムーアというものですよ。」

メドロック夫人《ふじん》も、外《そと》を見《み》ながらいいました。

「このあれた土地《とち》、ムーアのなかにおじさまのお屋《や》しきがあります。あなたは、きょうからここでくらすのです。」

(わたし、こんな所《ところ》、きらいだわ。)

メアリーは、心《こころ》の中《なか》でつぶやきました。

＊家政婦《かせいふ》…家《いえ》のことを手《て》つだう仕事《しごと》をしている女《じょ》せい。

メアリーは、インドで生《う》まれ、育《そだ》ちました。けれども、お父《とう》さまとお母《かあ》さまが病気《びょうき》でなくなり、イギリスのおじさまの家《いえ》に引《ひ》きとられることになったのです。メドロック夫人《ふじん》は、お屋《や》しきではたらく*家政婦《かせいふ》で、メアリーをむかえにきてくれたのでした。

やがて、大《おお》きなお屋《や》しきが見《み》えてきました。

次《つぎ》の朝《あさ》、目《め》がさめると、部屋《へや》にお手《て》つだいさんがいました。赤《あか》いほっぺで、にこにこわらっています。

「おまえが、わたしの着《き》がえのお世話《せわ》をするの？」

メアリーがいばっていうと、お手《て》つだいさんは、わらいだしました。

「そんなの、十歳《さい》にもなれば、自分《じぶん》でできるだろう？」

メアリーは、おどろきました。インドでは、全部《ぜんぶ》めし使《つか》いが着《き》がえさせてくれたのです。それに、こんな友《とも》だちみたいな話《はな》し方《かた》をされるのもはじめてでした。

「ほら、さっさと着《き》がえて、朝《あさ》ごはん食《た》べて。あたしは、マーサっていうの。」

マーサは、てきぱきとまどを開《あ》けて、外《そと》の空気《くうき》を入《い》れました。

「いまはなにもないムーアだけど、春《はる》や夏《なつ》には花《はな》がさいて、それはきれいだよ。あたしの妹《いもうと》や弟《おとうと》たちは、転《ころ》げまわって遊《あそ》んでるよ。」

メアリーは、テーブルの上《うえ》の朝《あさ》ごはんをじろりとながめ、おかゆをすーっと向《む》こうにおしやりました。

「こんなもの、食《た》べたくない。」

「あれ、わがままだね。そうだ、外《そと》で遊《あそ》べばおなかがすいて、なんでも食《た》べられるようになるよ。弟《おとうと》のディコンは一日中外《にちじゅうそと》にいて、そのせいで一日中《にちじゅう》おなかをすかせているよ。でも、おかげで動物《どうぶつ》たちと話《はなし》ができるんだけどね。」

マーサのことばに、メアリーの心《こころ》が動《うご》きます。

「動物《どうぶつ》と話《はなし》ができるの？」

メアリーは、ディコンに会《あ》ってみたいと思《おも》いました。

マーサに行《い》き方《かた》を教《おし》えてもらい、庭《にわ》に出《で》ようとすると、マーサが急《いそ》いでいいました。

「カギがかかった庭《にわ》があるから、そこには行《い》かないようにね。十年《ねん》前《まえ》おくさまがそこでなくなって、だんなさまがカギをかけて、カギを地面《じめん》にうめちまったのさ。」

しばふの広場《ひろば》、水《みず》の出《で》ないふん水《すい》、野菜《やさい》やくだものの畑《はたけ》、そしてずっとつづく長《なが》いかべ。メアリーは、どんどん歩《ある》いていきました。

「カギがかかった庭《にわ》は、どこだろう。」

メアリーがきょろきょろしながら歩《ある》いていくと、スコップをかついだ庭師《にわし》のベンじいさんがいました。

「あんたが、インドから来《き》たむすめかい?」

そのとき、木《き》のえだにとまっていた小鳥《ことり》が、ピルルーと鳴《な》きました。むねから上《うえ》が赤《あか》い、きれいな小鳥《ことり》です。

「あいつは、わしの友《とも》だちさ。あのかべの向《む》こうにすんでいるコマドリだよ。」

「かべの向《む》こうには、どうやったら行《い》けるの?」

するとベンじいさんは、少《すこ》しふきげんになりました。

「よけいなことは、考《かんが》えないことだ。」

そういうと、すたすた行《い》ってしまいました。

メアリーは、それから毎日庭《まいにちにわ》を歩《ある》きまわりました。コマドリにあいさつしたり、ベンじいさんのはたらくようすをながめたり、あきることはありません。そうしているうちに、おなかがすいてなんでも食《た》べられるようになりました。やせて青白《あおじろ》かったほおも、少《すこ》しずつバラ色《いろ》になってきたようです。

「食《た》べられるようになったのは、ムーアの空気《くうき》のおかげだよ。外《そと》でどんどん遊《あそ》べば、もっと元気《げんき》になるよ。」

マーサのいうとおり、しばらくすると、メアリーは体《からだ》もじょうぶになり、表《ひょう》じょうも明《あか》るくなりました。

雨《あめ》がふったある日《ひ》、メアリーはお屋《や》しきの中《なか》をたんけんしようと思《おも》いました。長《なが》いろう下《か》には、いくつもの部屋《へや》がならび、シーンとしています。すると、どこからか、子《こ》どものなき声《ごえ》が聞《き》こえてくるではありませんか。メアリーは、声《こえ》のする方《ほう》へ進《すす》みました。

「たしかに、このドアから聞《き》こえる。」

メアリーが立《た》ちどまったとき、とつぜんメドロック夫人《ふじん》があらわれました。

「自分《じぶん》の部屋《へや》にもどりなさい！」

ひみつの庭《にわ》

やっと雨《あめ》がやんで、メアリーはまた庭《にわ》に出《で》ました。天気《てんき》がいいので、ベンじいさんもせっせとはたらいています。近《ちか》くのえだでは、あのコマドリが、仕事《しごと》のようすを見《み》ていました。

メアリーが地面《じめん》から出《で》ている小《ちい》さな緑色《みどりいろ》の物《もの》を見《み》ていると、ベンじいさんが教《おし》えてくれました。

「それは花《はな》の芽《め》だ。春《はる》になれば、ここは白《しろ》やむらさきの花《はな》でいっぱいになる。」

メアリーは、春《はる》が待《ま》ちどおしくなりました。

メアリーがその場《ば》をはなれて歩《ある》きだすと、コマド

りもついてきます。そして、ひくい木《き》の根元《ねもと》で地面《じめん》をつつきはじめました。すると、カギのような物《もの》が見《み》えてきたのです。

「もしかして、これは……。」

メアリーは、それを拾《ひろ》ってポケットに入《い》れました。

それから何日《なんにち》かして、メアリーが、長《なが》いかべの前《まえ》でなわとびをしていたときのことです。とつぜん強《つよ》い風《かぜ》がふいて、かべにかかるツタをふきあげました。

すると、そこに古《ふる》いドアが見《み》えたのです。

メアリーは、ポケットのカギをあなに入《い》れ、おそるおそる回《まわ》しました。

「開《あ》いた！」

メアリーは、どきどきしながら中《なか》に入《はい》りました。

かべの内側《うちがわ》は、かれたツルバラで、ぐるりとおおわれています。向《む》こうには*あずまやがあり、石《いし》のベンチや、かわいた土《つち》が入《はい》った大《おお》きなポットもありました。地面《じめん》を見《み》ると、あちこちに、緑色《みどりいろ》のとがった物《もの》が出《で》ています。

「これも花《はな》の芽《め》ね。春《はる》になったら、さくんだわ。」

十年間《ねんかん》だれにも見《み》てもらえなくても、花《はな》は、ちゃんと生《い》きていたのです。メアリーは、うれしくなりました。

「そうだ、これからわたしがお世話《せわ》をしよう。わたしだけが知《し》っている、ひみつの庭《にわ》だもの。」

メアリーは、それから毎日《まいにち》ひみつの庭《にわ》にやってきて、かれた草《くさ》や石《いし》をかたづけました。

「道具《どうぐ》や花《はな》のたねがあれば、もっときれいにできるのに。」

そこで、マーサから弟《おとうと》のディコンに、買《か》い物《もの》をたのんでもらいました。それらを持《も》ってきてくれたとき、メアリーは、はじめてディコンを見《み》ました。

「ディコン！　やっと会《あ》えたわ。」

＊あずまや…屋根《やね》のみで、かべのない小屋《こや》。庭《にわ》などの休《きゅう》けい所《じょ》。

大《おお》きな口《くち》でよくわらうところも、親切《しんせつ》なところも、マーサにそっくりです。メアリーは、ディコンになら、ひみつの庭《にわ》のことを話《はな》してもだいじょうぶだと思《おも》いました。

「よし、おれも手《て》つだってやるよ！」

草花《くさばな》のことをよく知《し》っているディコンは、たのもしい仲間《なかま》でした。

ついに見《み》つけた！

ある夜《よる》、強《つよ》い雨《あめ》と風《かぜ》の音《おと》で、メアリーは目《め》がさめました。その音《おと》にまじって、また、子《こ》どものなき声《ごえ》がします。

「今度《こんど》こそ、見《み》つけるわ。」

暗《くら》いろう下《か》を歩《ある》いて、声《こえ》のするドアの前《まえ》に立《た》ち、思《おも》いきってドアを開《あ》けました。

ベッドでないていた男《おとこ》の子《こ》が、ふりむきました。

「きみはだれ？」

男《おとこ》の子《こ》は、たずねました。

「わたしはメアリー。あなたは？」

「ぼくは、この家《いえ》に住《す》むコリン。病気《びょうき》だから、ずっとベッドでくらしてる。でも、ときどきいやになって、大声《おおごえ》でなくんだ。」

「では、あなたはおじさまの子《こ》どもなの？　子《こ》どもがいるなんて、だれもいわなかったわ。」

「ぼくが生《う》まれたときにお母《かあ》さまが死《し》んだから、お父《とう》さまはぼくがきらいなんだ。だから、ぼくの話《はなし》はしないんだ。」

そこで、メアリーは、気《き》がつきました。

「おくさまがなくなって、おじさまがひみつの庭《にわ》にカギをかけたのが十年前《ねんまえ》ということは……あなたはわたしと同《おな》じ十歳《さい》ね。」

「ひみつの庭《にわ》って？」

「おじさまがカギをかけて、だれも入《はい》れなくした庭《にわ》よ。」

「そんな所《ところ》があるのか。めし使《つか》いにいって、開《あ》けさせてやる！」

カギを見《み》つけたことはまだいわないほうがいいと、メアリーは思《おも》いました。

「それはやめて。わたしが入《はい》り方《かた》を見《み》つけてあげるから。そしたら、あなたをつれていってあげる。」

コリンは、目《め》をかがやかせました。

「いいね！　お医者《いしゃ》さんが外《そと》の空気《くうき》をすうようにすすめたけど、いやだっていったんだ。でも、ひみつの庭《にわ》なら行《い》ってもいい。」

それからメアリーは、何度《なんど》もコリンの部屋《へや》に行《い》き、いろいろな話《はなし》をしました。インドのこと、ディコンと動物《どうぶつ》たちのこと、緑色《みどりいろ》の花《はな》の芽《め》のこと。メドロック夫人《ふじん》に見《み》つからないように、マーサが手《て》つだってくれました。

二人《ふたり》がなかよくなったのを知《し》っているのは、マーサだけです。マーサがいいました。

「あんたは、コリンさまにまほうをかけたのかい？　あんなわがままだった子《こ》が、このごろ別人《べつじん》みたいだよ。」

ふりつづいた雨《あめ》がやむと、ひみつの庭《にわ》にも春《はる》がやってきました。緑《みどり》はこくなり、ツルバラも芽《め》を出《だ》し、あのコマドリも、すを作《つく》りはじめています。まるで、ねむっていた庭《にわ》が目《め》をさましたようでした。

メアリーは、大《おお》いそがしでです。コリンのお母《かあ》さまが死《し》んだこの庭《にわ》を、なんとかきれいにしたいと、一生《いっしょう》けん命《めい》でした。コリンをたずねるひまもなく、毎日《まいにち》ディコンとはたらきました。

ある日《ひ》メアリーは、さきはじめた花《はな》を見《み》て、ディコンにいいました。

「かれた庭《にわ》が、花園《はなぞの》になったわ。わたし、コリンをここにつれてこようと思《おも》うの。」

「うん、このきれいな花園《はなぞの》を見《み》たら、病気《びょうき》なんてなおっちまうさ。」

ところが、そのころコリンは、かんかんにおこって、かんしゃくを起《お》こしていました。庭仕事《にわしごと》でいそがしいメアリーが、コリンの所《ところ》に来《こ》ないので、またわがままがもどったのです。

メアリーがかけつけると、大《おお》きな声《こえ》でなきわめいていました。

「ぼくはもうすぐ死《し》ぬんだ！」

メアリーも、負《ま》けずにさけびました。

「だまりなさい！　あなたの病気《びょうき》は、半分《はんぶん》は気《き》のせいなの！　死《し》んだりなんかしない！　外《そと》に出《で》てきれいな空気《くうき》をすえば、元気《げんき》になれるんだから！」

メアリーのいきおいにおどろいたコリンは、いいました。

「きみとディコンがいっしょなら……、そしたら、外《そと》に行《い》くよ。」

生《い》きかえった花園《はなぞの》

メアリーは、コリンにいいました。

「いままでだまっていたけれど、わたし、ひみつの庭《にわ》を見《み》つけたの。そしてあした、ディコンがあなたに会《あ》いにくるわ。」

次《つぎ》の日《ひ》、ディコンは、動物《どうぶつ》たちをつれて、にぎやかにやってきました。赤《あか》ちゃんヒツジや子《こ》ギツネ、リスやカラスもいます。動物《どうぶつ》たちと遊《あそ》びながら、コリンは次《つぎ》つぎにしつ問《もん》し、ディコンがそれに答《こた》えます。コリンは、ディコンがすっかりすきになりました。

そして、とうとうひみつの花園《はなぞの》に行《い》く日《ひ》がきました。ディコンが車《くるま》いすをおしています。コリンの命令《めいれい》で、だれも近《ちか》づく人《ひと》はいません。

ひみつの花園《はなぞの》のドアを、メアリーが開《あ》けました。

「おお！」

コリンは大声《おおごえ》を上《あ》げました。かべのツルバラは緑色《みどりいろ》のカーテンのようにまわりをおおい、地面《じめん》には黄色《きいろ》や白《しろ》やむらさきの花《はな》がさきみだれ、木《き》には白《しろ》やピンクの花《はな》があふれています。

「なんてきれいなんだ！　ぼく、元気《げんき》になるような気《き》がしてきたよ！」

コリンの顔《かお》は、かがやいていました。

「毎日《まいにち》ここへ来《く》れば、きっと元気《げんき》になるわ。」

メアリーにつづいて、ディコンもいいました。

「そして、歩《ある》けるようになって、花《はな》の手入《てい》れもできるようになるさ！」

それからは、ひみつの花園《はなぞの》に行《い》くたびに、コリンは元気《げんき》になりました。そしてついに、歩《ある》くこともできるようになりました。

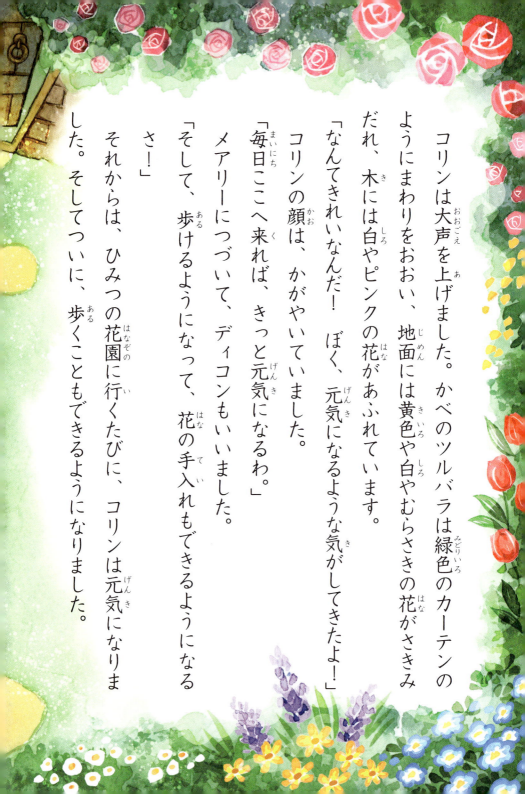

ある日《ひ》、コリンのお父《とう》さまが、ひさしぶりに帰《かえ》ってきました。

「お父《とう》さま、見《み》て！　お母《かあ》さまの庭《にわ》が、生《い》きかえったんだ！」

そういいながら歩《ある》いてきたコリンに、お父《とう》さまはおどろきました。

庭《にわ》に目《め》をやると、色《いろ》とりどりの花《はな》にまじってさく白《しろ》いユリ。コリンのお母《かあ》さまがすきだった花《はな》です。二人《ふたり》は、ならんで花園《はなぞの》をながめました。メアリーとディコンも、うれしそうにわらっています。

えだの上《うえ》ではコマドリが、ピルルーと鳴《な》きました。

この本《ほん》を読《よ》んだあとで

生《い》きるうえでたいせつなことを　教《おし》えてくれる名作《めいさく》たち

千葉経済大学短期大学部こども学科教授　横山洋子

おかえりなさい。無人島《むじんとう》や海《うみ》のそこ、恐竜《きょうりゅう》のいる世界《せかい》にまで旅《たび》をしましたね。学校《がっこう》の寄宿舎《きしゅくしゃ》やイギリスのお屋《や》しきの生活《せいかつ》はいかがでしたか？

名作《めいさく》といわれるこれらの物語《ものがたり》は、世界中《せかいじゅう》の人《ひと》びとに読《よ》みつがれてきました。それは、おもしろいからです。おもしろくなければ、だれも読《よ》まなくなるに決《き》まっています。

生《う》まれた国《くに》やかんきょう、使《つか》うことばがことなっていても、人《ひと》の気持《きも》ちや生《い》きるうえでたいせつなことは共通《きょうつう》なんだなと思《おも》いしらされます。

よい作品《さくひん》は、生《い》きることのすばらしさを教《おし》えてくれます。弱《よわ》くなった心《こころ》を勇気《ゆうき》づけてくれます。読《よ》んだ友《とも》だちどうしで感動《かんどう》を共有《きょうゆう》することで、心《こころ》もつながるでしょう。

さいしょのお話《はなし》は**「ロビンソン・クルーソー」**。

スコットランドの航海長《こうかいちょう》、アレキサンダー・セルカークがじっさいに無人島《むじんとう》で四年《ねん》四か月《げつ》、自給自足《じきゅうじそく》の生活《せいかつ》をしたことがもとになっているともいわれます。「ないからできない」のではなく、あるものをどう使《つか》えば作《つく》りだせるのか。そこにはくふうする力《ちから》、試行《しこう》さくごする力《ちから》が発《はっ》きされています。どんなじょうきょうでもあきらめず生《い》きぬくたくましさに、勇《ゆう》気《き》をえることができたでしょう。

二つめは、**「小公女《しょうこうじょ》」**。公女《こうじょ》とは、王《おう》や貴族《きぞく》のおひめさまのこと。原題《げんだい》は「ア・リトル・プリンセス」です。

とつぜん、屋根《やね》うら部屋《べや》へ追《お》いやられ、ひどいしうちを受《う》けるセーラ。でも、おかれたじょうきょうでほこり高《たか》く生《い》きようとします。自分《じぶん》もおなかがすいているのに、よりまずしい子《こ》どもへパンをさしだすやさしさにはむねを打《う》たれます。もし自分《じぶん》がどう行動《こうどう》すればよいかわからないとき、セーラならどうするかと考《かんが》えるとよいかもしれません。

三つめは、**「海底二万《かいていにまん》マイル」**。主人公《しゅじんこう》たちがてきとしてのあつかいから海底《かいてい》の森《もり》の散歩《さんぽ》へさそわれるようになり、ホッとします。軍艦《ぐんかん》とは水上《すいじょう》でたたかう船《ふね》。このお話《はなし》の中《なか》にも戦争《せんそう》のつめあとがかいま見《み》られます。ネモ船長《せんちょう》は、ふるさととあいする家族《かぞく》をうばわれ、にくしみをかかえて生《い》きているのです。地球《ちきゅう》はわたしたちみんなのふるさと。みんなが幸《しあわ》せになる道《みち》をさぐりたいものです。

四つめは、**「若草物語《わかくさものがたり》」**。こせいゆたかな四人《にん》の姉妹《しまい》。とりわけだれに心《こころ》をよせましたか？　物語《ものがたり》を書《か》いたノートをもやされたジョーのいかりと悲《かな》しみは、いたいほどわかります。それでも「わたしのほうこそ悪《わる》かった」といえるのは大《おお》きな成長《せいちょう》ですね。両親《りょうしん》のためにかみを売《う》るという決《けっ》だんも自分《じぶん》でしたのです。作者《さくしゃ》ルイザ自身《じしん》が、ジョーのモデルだそうです。登場人物《とうじょうじんぶつ》のそれぞれの気持《きも》ちによりそってみましょう。

五つめは、**「ロスト・ワールド」**。古代《こだい》の生物《せいぶつ》たちが生《い》きのこっている世界《せかい》があるなんてワクワクしますね。いざ足《あし》をふみいれると命《いのち》がけの毎日《まいにち》。猿人《えんじん》たちとのたたかいにドキドキします。近年《きんねん》では恐竜《きょうりゅう》の研究《けんきゅう》が進《すす》み、羽毛《うもう》のある恐竜《きょうりゅう》のそんざいもかくにんされています。とびだしたプテロダクティルスの子《こ》どもが、もしかしたら近《ちか》くにいるかもしれません。見《み》つけたらどうするか、考《かんが》えてみるのも楽《たの》しいですね。

六つめは、**「ひみつの花園《はなぞの》」**。二つめの「小公女《しょうこうじょ》」を書《か》いたバーネットの作品《さくひん》です。イギリスの大《おお》きなお屋《や》しきでくらすことになったメアリー。わがままで小食《しょうしょく》でしたが、毎日庭《まいにちにわ》を歩《ある》きまわるうちに明《あか》るく元気《げんき》になっていきます。夜中《よなか》のなき声《ごえ》にはドッキリしますが、コリンもさびしい身《み》の上《うえ》でした。あれた庭《にわ》をよみがえらせることで、メアリーは友《ゆう》じょうも自分自身《じぶんじしん》も育《そだ》てることができたのです。植物《しょくぶつ》のもつパワーを感《かん》じられるお話《はなし》ですね。

監修	横山洋子（千葉経済大学短期大学部こども学科教授）
表紙絵	酒井 以
装丁・本文デザイン	株式会社マーグラ（香山大）
編集協力	勝家順子　入澤宣幸（物語のとびら）　山本耕三
DTP	株式会社アド・クレール
校正	上埜真紀子

よみとく10分

はじめて読む 外国の物語 3年生

2024年9月24日　第1刷発行

発行人	土屋 徹
編集人	芳賀靖彦
企画編集	柿島 霞
発行所	株式会社Gakken 〒141-8416 東京都品川区西五反田 2-11-8
印刷所	TOPPAN株式会社

※本書は、『名作よんでよんで みんなの世界名作 15話』（2015年刊）の文章を、
読者学齢に応じて加筆修正し掲載しています。

この本に関する各種お問い合わせ先
- 本の内容については、下記サイトのお問い合わせフォームよりお願いします。
https://www.corp-gakken.co.jp/contact/
- 在庫については　Tel 03-6431-1197（販売部）
- 不良品（落丁・乱丁）については　Tel 0570-000577
学研業務センター　〒354-0045 埼玉県入間郡三芳町上富 279-1
- 上記以外のお問い合わせは　Tel 0570-056-710（学研グループ総合案内）

学研グループの書籍・雑誌についての新刊情報・詳細情報は、下記をご覧ください。
学研出版サイト　https://hon.gakken.jp/

ここからは、本《ほん》のうしろから読《よ》んでね。

〈物語のとびら ④〉

ロビンソン・クルーソー サバイバルのちえの答《こた》え

① エ　② イ

③ ウ　④ ア

〈物語のとびら ⑤〉

セーラの すてきなことばクイズの答《こた》え

ママたちは天国《てんごく》にいて、ときどきわたしたちに会《あ》いにきてくれていると思《おも》うの。

仕事《しごと》が終《お》わったら、ここにいらっしゃい。いつでもお話《はなし》をしてあげるわ。

あなたのほうが、わたしより、もっとおなかがすいているみたいね。

意地悪《いじわる》をする人《ひと》の気持《きも》ちを、知《し》りたいからよ。

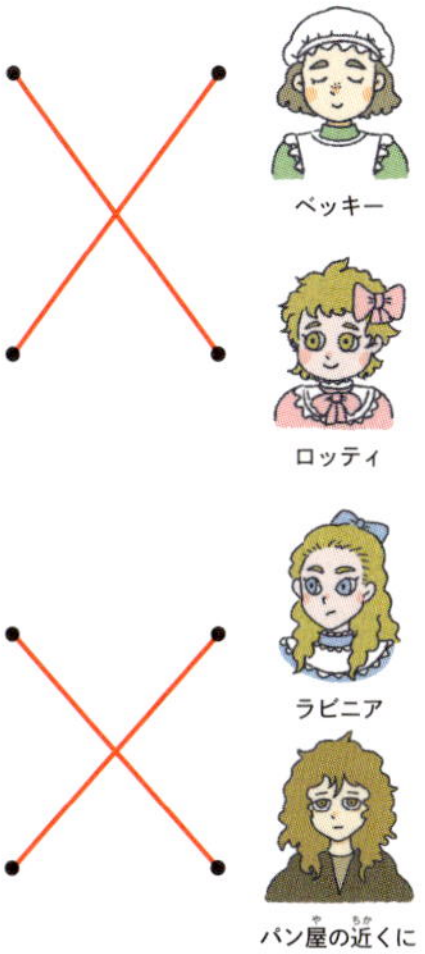

〈物語のとびら ⑥〉

ノーチラス号《ごう》 海《うみ》のぼうけんめいろの答《こた》え

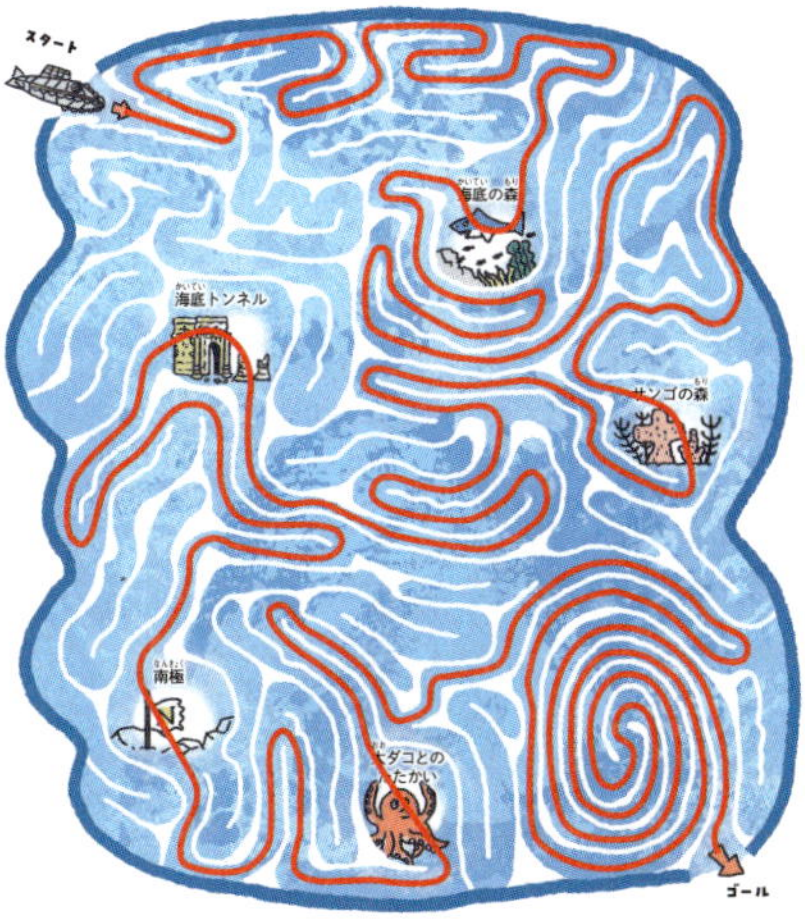

〈物語のとびら ⑦〉

若草物語《わかくさものがたり》 お話《はなし》クイズの答《こた》え

① 手《て》ぶくろ　② スリッパ

③ ノート　④ かみの毛《け》

〈物語のとびら ⑨〉

ひみつの花園《はなぞの》ならべかえクイズの答《こた》え

エ → ウ → イ → ア

物語のとびら ⑩

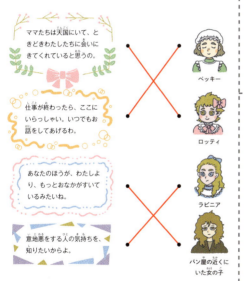

ひみつの花《はな》園《ぞの》　ならべかえクイズ

自然《しぜん》をあいする心《こころ》、人《ひと》を思《おも》いやる心《こころ》のたいせつさがえがかれた物語《ものがたり》だね。お話《はなし》に出《で》てくる順《じゅん》にならべてみよう。

ア
コリンは、ひみつの花園《はなぞの》に行《い》くたびに元気《げんき》になって、歩《ある》くこともできるようになった。

イ
メアリーはコリンと出会《であ》い、コリンの部屋《へや》で、インドの話《はなし》などを聞《き》かせ、なかよくなる。

ウ
メアリーはディコンと出会《であ》い、ディコンがひみつの庭《にわ》の手入《てい》れを手《て》つだってくれることになった。

エ
コマドリが地面《じめん》をつつくのを見《み》て、メアリーはひみつの庭《にわ》に入《はい》るためのカギを見《み》つけた。

答《こた》えは物語《ものがたり》のとびら⑩へ

 101ページ

コナン・ドイルの作品《さくひん》

『ロスト・ワールド』の作者《さくしゃ》コナン・ドイルは、たくさんの小《しょう》説《せつ》を書《か》いたよ。もとは医者《いしゃ》だったのだけれど、小説《しょうせつ》の人気《にんき》が高《たか》まったので作家《さっか》になったんだ。他《ほか》の作品《さくひん》も見《み》てみよう。

『シャーロック・ホームズ』シリーズ

シャーロック・ホームズ

助手《じょしゅ》のワトソン

名《めい》たんていシャーロック・ホームズが、みごとなすいりで事件《じけん》をかい決《けつ》するお話《はなし》。助手《じょしゅ》のワトソンが、ホームズの活《かつ》やくを書《か》きとめた形《かたち》で書《か》かれているよ。『緋色《ひいろ》の研究《けんきゅう》』『バスカビル家の犬《いぬ》』など、長《ちょう》へんと短《たん》ぺんを合《あ》わせて60ものお話《はなし》があるよ。いまでも世界中《せかいじゅう》で読《よ》まれていて、大人気《だいにんき》なんだ。

『毒《どく》ガス帯《たい》』『霧《きり》の国《くに》』 など

『ロスト・ワールド』と同《おな》じ、チャレンジャー教授《きょうじゅ》が大活《だいかつ》やくするお話《はなし》だよ。

若《わか》草《くさ》物《もの》語《がたり》 お話《はなし》クイズ

四姉妹《しまい》や家族《かぞく》には、いろいろなことが起《お》こったね。お話《はなし》を思《おも》い出《だ》して、クイズにチャレンジ。答《こた》えは　からえらんでね。

①メグが、お母《かあ》さまのためにクリスマスプレゼントとして用意《ようい》した物《もの》は？

②ベスが、ピアノをひかせてもらったお礼《れい》に、ローレンスさんにプレゼントした物《もの》は？

③エイミーが、だんろでもやしてしまった、ジョーがたいせつにしていた物《もの》は？

④ジョーが、お母《かあ》さまのためにお金《かね》を用意《ようい》しようとして、売《う》ってしまった物《もの》は？

スリッパ　絵《え》　絵本《えほん》　香水《こうすい》　かみの毛《け》
雪《ゆき》だるま　ハンカチ　手《て》ぶくろ　手紙《てがみ》　ノート

答《こた》えは 物語《ものがたり》のとびら ⑩へ

ノーチラス号《ごう》　海《うみ》のぼうけんめいろ

『海底二万《かいていにまん》マイル』のノーチラス号《ごう》がぼうけんをした順番《じゅんばん》になるように、スタートからゴールまで進《すす》もう。

＊同《おな》じ道《みち》は２度通《どとお》れないよ。

答《こた》えは 物語《ものがたり》のとびら ⑩へ

セーラのすてきなことばクイズ

セーラのことばには、思《おも》いやりがあふれているね。
だれにいったことばかを思《おも》い出《だ》して、●をつなごう。

セーラ

ママたちは天国《てんごく》にいて、ときどきわたしたちに会《あ》いにきてくれていると思《おも》うの。 ●

仕事《しごと》が終《お》わったら、ここにいらっしゃい。いつでもお話《はなし》をしてあげるわ。 ●

あなたのほうが、わたしより、もっとおなかがすいているみたいね。 ●

意地悪《いじわる》をする人《ひと》の気持《きも》ちを、知《し》りたいからよ。 ●

● ベッキー

● ロッティ

● ラビニア

● パン屋《や》の近《ちか》くにいた女《おんな》の子《こ》

答《こた》えは物語《ものがたり》のとびら ⑩へ

ロビンソン・クルーソー　サバイバルのちえ

ひとりで生《い》きぬく（サバイバルする）ために、さまざまなくふうをしたよ。①～④はなんのためのくふうか、ア～エで答《こた》えよう。

ア 野生《やせい》の動物《どうぶつ》から身《み》を守《まも》るため。

イ 料理《りょうり》を作《つく》るため。

ウ ランプにするため。

エ 寒《さむ》さなどから体《からだ》を守《まも》るため。

答《こた》えは 物語《ものがたり》のとびら ⑩ へ

【 書《か》き方《かた》のれい 】

題名《だいめい》　若草物語《わかくさものがたり》

作者《さくしゃ》　ルイザ・メイ・オルコット

読《よ》んだ日《ひ》　20XX年《ねん》●月《がつ》▲日《にち》

きっかけ　おじさんにプレゼントしてもらった。

読《よ》んだ場所《ばしょ》　自分《じぶん》の部屋《へや》で読《よ》んだ。

感想《かんそう》　ジョーがエイミーとけんかしたときのことがいちばん心《こころ》にのこった。ジョーがお母《かあ》さんに「わたしの心《こころ》にはあくまがいる」といってないたとき、お母《かあ》さんは、いかりをおさえる努力《どりょく》をいっしょにしようといった。ぼくは弟《おとうと》を思《おも》い出《だ》した。ときどきおこったり、にくらしくなったりするけど、たいせつな弟《おとうと》なので、思《おも》いやる努力《どりょく》をしようと思《おも》った。

おすすめ度《ど》★★★★★

読《どく》書《しょ》ノートを書《か》いてみよう！

あとで、心《こころ》にのこったところを思《おも》い出《だ》せるように、読書《どくしょ》ノートを書《か》いてみよう。

本《ほん》のことについてまとめよう！

題名《だいめい》と読《よ》んだ日《ひ》、できれば作者名《さくしゃめい》も書《か》いておきましょう。読《よ》んだきっかけや、読《よ》んだ場所《ばしょ》も書《か》いておくと、内容《ないよう》や感《かん》じたことを、思《おも》い出《だ》しやすくなります。

感想《かんそう》を書《か》こう！

思《おも》ったことを、すなおに自由《じゆう》に書《か》きましょう。とくに心《こころ》にのこったことをくわしく書《か》いたり、絵《え》をかいたりしてもいいですね。

どのくらいおすすめ？

心《こころ》にのこったお話《はなし》は、他《ほか》の人《ひと》にもしょうかいしましょう。

とてもおすすめなら、★5つ、少《すこ》しだけおすすめなら、★1つなど、★の数《かず》で表《あらわ》すといいですね。

物《もの》語《がたり》のとびら

どのお話《はなし》がいちばん気《き》に入《い》った？
お話《はなし》の世界《せかい》をもう一度楽《どたの》しもう！

絵・ヤブイヌ製作所、サトウコウタ